M I D N I G H T   B O O K S T O R E

深夜书店

沐清秋 | 著

中国友谊出版公司

图书在版编目（CIP）数据

深夜书店 / 沐清秋著. — 北京 : 中国友谊出版公司，2018.2

ISBN 978-7-5057-4289-5

Ⅰ. ①深… Ⅱ. ①沐… Ⅲ. ①长篇小说—中国—当代 Ⅳ. ①I247.5

中国版本图书馆 CIP 数据核字（2018）第 004850 号

书名　深夜书店
作者　沐清秋
出版　中国友谊出版公司
发行　中国友谊出版公司
经销　新华书店
印刷　三河市文通印刷包装有限公司
规格　880×1230 毫米　32 开
　　　8.5 印张　165 千字
版次　2018 年 5 月第 1 版
印次　2018 年 5 月第 1 次印刷
书号　ISBN 978-7-5057-4289-5
定价　42.00 元
地址　北京市朝阳区西坝河南里 17 号楼
邮编　100028
电话　（010）64668676

如发现图书质量问题，可联系调换。质量投诉电话：010-82069336

[目 录]

一、深夜里的来客

Chapter one

夜晚浸泡在蒸腾的水汽里，江一桐坐在门口的台阶上，给自己点了一支烟，她闭起眼睛，静静地深吸一口。从对烟味深恶痛绝到深深依赖，不过是一夜之间。

人的转变就是这样不讲道理。

1 偶然的旅人

日历上，“立秋”这个节气已经过去一个多月了，这座城市的夏季还未正式宣告结束。水泥色的天空铺展在头顶，厚重的云像一块吸饱水的海绵，在风里摇摇欲坠。

火车上的信号时好时坏，收到爸爸发来询问哪个出站口的短信时，列车已经驶进月台，江一桐倚在两节车厢的连接处，顺着灰蒙蒙的车窗望向外面。

四十岁的她在这个令人缺氧的闷热下午，只身一人回到了家乡。她站在绿成一片的模糊的记忆高地上，定睛凝视眼前的风光。

零星散落的往事，像是白色的玉簪花，盛开在漫无边际的绿草地上。江一桐再一次意识到，不论离开这个地方多少年，那些不完整的记忆与思念，始终静止地停留在她的身后，就像被时间下了诅咒一般。

车身停靠稳当，坚固的门打开，旅客们排着队鱼贯而出。三十几摄氏度的高温，很快侵袭了车厢的每一个角落。沉闷的空气，拥挤的人群，还有中午一两点就昏黄一片的光景，让人恍惚觉得已经是暮色时分。这些都让江一桐平白生出一种倦怠感。

在出站口，江一桐看到了在反复和火车站工作人员说着什么的爸爸。他穿着一件橘黄色的短袖T恤站在人群间，手里拎着一瓶矿泉水，不时伸长脖子张望。

见到江一桐走过来，爸爸微微颔首，含糊地打了个招呼，便一言不发地接过江一桐的行李箱，走在前面带路。

“太热了，是要下雨了吧？”

犹豫了半天，江一桐说了句无关痛痒的话。

“嗯。”

得到了一个预期之中的回答，江一桐看着爸爸头也不回的背影，他缄默的后背上，汗水濡湿了一大片。

江一桐和爸爸保持着一米左右的距离，他们踱过火车站前人满为患的广场。弥漫着温热的汗味的空气里，江一桐能够闻到爸爸身上淡淡的艾草味道。爸爸的关节不好，这是故乡烙在他身体里的印记。这座城市，夏季漫长，且潮湿多雨，冬季阴冷，寒气能够钻进人的骨缝里。

每隔几天，爸爸就会把点燃的艾草，塞进一个黄色的铜盒里，敷在自己疼痛的部位。焦煳的烟味黏附在屋子里的每一件物事上。

江一桐从学校哭着跑回家，她的裙子上有挥之不去的艾草味，同学笑她身上有难闻的气味。

妈妈牵着她的手，带她去商店选了一条姜黄色的新裙子。和其他女同学身上穿的劣质棉布裙不同，那条裙子手感柔和，下摆处的白色流苏与裸露的小腿很相称。

“不要告诉爸爸，”妈妈摸着江一桐的头说道，“他如果知道你因为他，在学校里受了气，会很难过的。”

第二天清晨，江一桐迫不及待地穿着新裙子跑去学校，裙底鼓满了风，她心里盛满了雀跃，想象着笑话她的女同学看到她的新裙子时，脸上会是什么样的羡慕神情。

当时，江一桐刚满十五岁，虽然还只是一个整日背着书包，无精打采的初三女生，但骨子里已经成长为一个小女人。至少，当时的妈妈是这样认为的。

傍晚，从学校回来，江一桐和妈妈说起女生们羡慕的样子时，她的脸因为兴奋，涨得通红。

“没有什么坏心情，是一条漂亮裙子拯救不了的。”妈妈说。

“等我长大以后，每年都要给自己买一条新裙子，”江一桐依偎在妈妈的身边，“也给妈妈买。”

“好啊，那我就等着穿新裙子喽。”

“是好多好多的新裙子。”江一桐强调。妈妈身材高挑，那些昂贵的连衣裙穿在她身上，一定很好看。

吃晚饭的时候，爸爸注意到了江一桐的新裙子。

“这么小的年纪，不好好学习，整天想着花枝招展地打扮。”爸爸冷言冷语。

就算被狠狠呵斥，江一桐也没有觉得心里不是滋味。爸爸从小就和她不亲近，她早已习惯了。听爷爷说，妈妈在生她的时候大出血，抢救之后虽然保住了性命，但却被切掉了子宫。

江一桐成了家里唯一的孩子，唯一的一个女孩子。可是，她并没有因此成为爸爸所珍惜的“小公主”，从她有记忆开始，爸爸一直是这个家可有可无的人，对于江一桐来说，他就像是一道冷冰冰的影子。

长久以来，江一桐都有个疑问，妈妈为什么要和爸爸结婚。妈妈是一名妇产科医生，永远安静又端庄。即便是在血迹斑斑的手术台上，她也能有条不紊地让那些被阵痛和宫缩折磨的产妇停止哀号，安详而顺利地生下孩子。

爸爸是货车司机，开着脏污、巨大的卡车往返于各地的高速公路上。人整日奔波在尘土飞扬的道路上，灰头土脸的样子，自己都嫌弃自己，因此对谁都没有什么好脸色，活得愤愤不平。

所以，当爸爸做出那件事情之后，江一桐丝毫不感到震惊和意外，在她的心底，似乎对这个家的分崩离析早有预见，只是她不曾料想到，他们一家三口，会是以那样决绝、丑陋的方式失去彼此。

“车里的空调坏了，我还没来得及去修，你要是热的话，先喝点水。”爸爸将手里的矿泉水递过来，瓶子里的冰块快要化尽。

江一桐将矿泉水瓶放进包里，拉开了汽车后座的车门，大小不一的纸箱，挤满了后排所有的空间。

“坐前面吧。”爸爸使劲把行李箱塞上车，用力合上后备厢的盖子，面前这辆破败的面包车发出“吱咕”的不满声。

刚上车，大颗的雨滴就被云层抛下，密集地落在车身上，雨刮器快速地左右摆动，前方的路况还是一片模糊。

已经有十年没有走过这条路了，但对于江一桐来说，沿途的一切，熟悉得仿佛昨天才经过。她清楚地知道每一个路口应该向哪里拐弯，每一次拐弯应该通向何处。

“用不了半个小时就会出太阳，这个季节总是这样。”爸爸从口袋里摸出一根烟，犹豫了一下，又塞回了烟盒。

“是啊。”江一桐收回自己看向车窗外的目光，“想抽就抽，给我也来一支吧，我的烟在火车上抽完了。”

半支烟还没抽完，爸爸就猛烈地咳嗽不止，不得不把车停靠到路边。

“你还好吧？”

“没事——”

“要不我来开吧，你休息一下。”江一桐打开车门，不顾爸爸的连声反对，她和爸爸换了位子。

面包车是手动挡的，一路上，江一桐熄火了好几次，才抵达目的地。

“我的事，别和你弟弟讲。”爸爸叮嘱。

“嗯。”江一桐答应了一声，又补充道，“就算告诉他，他也未必能听得懂吧？”

爸爸眼角的皱纹紧了紧，默默地下车去后备厢拿江一桐的行李。雨滴变得稀疏起来，阳光躲躲闪闪地露了出来。

车停在了路边，巷子入口处的白墙上，一个红色的路牌上写着“长阳小街”四个字，巷子开阔了些，原先一下雨就会泥泞不堪的土路，现在铺上了刻有花纹的方砖，两旁的粗壮大树不见了踪影，取而代之的是两杆笔直的漂亮路灯。

“完全认不出了吧，这几年变化很大。”

“是啊，名字都改掉了。”

“现在叫长阳小街，再提起斜阳里，没多少人知道了。”爸爸说道。

沿着巷子向深处走去，江一桐“回家”的感受才慢慢真实起来。

倒数第三家的二层小楼，还是江一桐离开时的样子，感觉经过了漫长的岁月，伴随着时间的流动，一切都不复原样，唯独这里被留了下来。

橡木色的门窗紧紧关闭，门口的梧桐树繁茂的枝叶，给二楼的窗户带来浓荫。透过一楼右侧窗棂的缝隙，江一桐瞥见房间里的陈设，整个大厅摆满了书架，除了几张木质的桌椅，就是散落在各处的书。

爸爸打开门，侧身让江一桐入内："你先在这里坐一会儿，我把你的箱子拿到楼上。"

"我自己来吧。"江一桐拎起箱子。

"不用。"爸爸不肯松手，"你弟弟在上面，你们好多年没见了，我怕——"

江一桐松开手，爸爸从门外的侧梯上了楼，不一会儿，她听到头顶的天花板传来"咚咚"的脚步声。

江一桐是在这里长大的，她读大学之前，十八年的时光，没有一天离开过这里。她和爸爸妈妈住楼上，爷爷住在楼下。

高一的时候，江一桐迷上了香港的一个歌星，一放学回家，就在自己的房间里开着音乐又蹦又跳。直到爷爷跑上去用力敲门，她才肯安静下来。

爷爷是中医，和妈妈在同一家医院工作。他是一个脾气固执、性格死板的老头，严格要求家里人遵循他制定的良性作息时刻表，一到月底，每个人都要伸出胳膊，让他诊脉。爷爷粗糙的手指，扣在微微跳动的经脉上，探寻隐藏在身体中的病灶。

所以，江一桐不能理解，爷爷当年为什么会默许爸爸瞒着妈妈，和别的女人生下孩子。第一次见到那个孩子时，江一桐恶狠狠地说她永远不会承认他们是一家人。她倒是没有说错话，最终，是她离开了这个家，而那个孩子，取代了她在家中的位置。

而且就住在她曾经的房间里，成了这个家中唯一的孩子。现实实在是可笑，江一桐这些年不断告诫自己，逼着自己发誓，发誓永远永远都不会再回到这里。

但是，在这个多雨又持续高温的夏天，江一桐还是回来了。命运就像大自然的某种规律，躲也躲不掉。

爷爷去乡下参加一位老友的葬礼，要过几天才能回来。江一桐在餐桌上摆了三副碗筷，爸爸从厨房端着一盘青椒腊肉出来。

“我们先吃。”爸爸收起一副碗筷。

饭桌上摆着一碟炒辣椒，青红两种辣椒，用花椒油炒过之后，放入蒜末、盐粒，冷却后盛到瓦罐里，可以吃很久。

这是妈妈爱吃的小菜，离开了家之后，江一桐再也没有吃过。

“多吃点。”爸爸将几盘菜，还有那碟辣椒，朝江一桐面前推了推。

“嗯。”

“你弟弟他——有点怕生，过几天熟悉之后，就肯下楼了。”爸爸无意识地抬头望了望楼顶。

“无所谓。”

江一桐环视大厅，虽然在电话里，听爷爷提起过，爸爸把家里的一层改造成了书店，对外营业，但真的看到，还是觉得滑稽。

各式各样的旧书架，毫无章法地横在房间里，四处堆放的书籍，就像无人清理的废墟瓦砾。

“今天早点休息吧，你坐了一天火车，也累了。我把你的房间收拾出来了。”爸爸站起来收拾碗碟。

“你在电话里说的事，我考虑过了。”

“明天再说吧，”爸爸压低了声音，“别在这儿说。”

“行，随便吧。”

江一桐走出门口，天黑了下来，门前挂着的“欢迎光临”的灯牌醒目地亮着。巷子很长，一直延伸进没有尽头的黑暗里。

二楼。江一桐的房间令她感到陌生，屋子里没有一件属于她的东西，床上铺着崭新的褥子和被单。每个角落都被打扫得很干净，整间屋子里泛着洗涤剂的香味。

罗嘉打来电话时，江一桐刚刚钻进被子里。

“明天几点钟来医院？”

“下午吧，我上午起不来。”

“上午起不来——”罗嘉模仿江一桐的口吻，他叹气，“都什么时候了，你还睡懒觉，你爸爸的情况很不乐观。”

“所以，我起个大早，他的病就会好吗？”不知道为什么，面对罗嘉的时候，江一桐总是刻薄刁钻。

罗嘉没再多说：“你还是一点没变。明天早点来吧，我等你。”

接完罗嘉的电话，江一桐微弱的睡意荡然无存。她听到隔壁房间传来声响，知道那是她弟弟发出的动静。

当初，读医科大学是妈妈的建议，江一桐顺从地答应了。

“等你毕业了，也来妇产科，到时候，我们母女就是白衣天使姐妹花。”妈妈送江一桐上火车时，无比憧憬。

“我才不要和你一起工作，肯定每天被你唠叨死。”

“我才不会。”妈妈笑了笑，随即，她轻轻揽住江一桐的头，“照顾好自己，记得要想我，知道吗？”

“好了，看你哭得像个小孩子一样。”江一桐拍拍妈妈的手，列车缓慢前行，江一桐向车外的妈妈和爷爷挥手。

在外求学的日子，江一桐过得很愉快，在那个四季分明的北方城市里，她焦头烂额地应付考试，全心全意地投入在自己第一次恋爱中。她的人生随着时钟的摆动，自然而然地在生命的每一个阶段平稳过渡。

二十五岁的那个冬天，一天清晨，江一桐莫名其妙地睡过了头，她睡眼惺忪地一边狂奔在去医院的路上，一边大脑飞速运转，想如何编造一个能够向主任解释迟到的合理理由时，一个绝妙的借口便从天而降了。

“你妈妈走了，请假回来一趟吧。”在手机里，爷爷的声音听起来毫无温度，含混不清的语意令江一桐困惑。

什么叫“走了”？是离开了吗？去哪里了？江一桐乏善可陈的生活，限制了她对人生的想象力，直到亲眼看见了妈妈的遗体，她还恍惚地不肯相信。

从爷爷和妈妈那些医生朋友的口中，江一桐得知，爸爸瞒着妈妈，爱上了别的女人，他们还有了孩子。那个女人挺着大肚子在路上摔了一跤，被路人送到了妈妈所在的医院，抢救时情况很危急，是妈妈救下了她和她的孩子。

妈妈满头大汗，疲惫地从手术室走出来，护士正把那个皱巴巴的像昆虫一样的小人儿抱给一个男人看，“是个儿子，母子平安。”

男人小心翼翼地接过襁褓中的婴儿，脸上流露出从未有过的舒展的笑容，正是那笑容，熄灭了妈妈心中所有的光。

三天后，妈妈就去世了。那个骄傲，永远仰着头，有着灿烂笑容的女人，从病房的窗口一头栽落下去，像一只折断翅膀的飞鸟从天空坠落，红色的血从她身体里喷涌而出，在太阳底下闪着光泽。

在妈妈的葬礼上，爸爸抱着那个男婴，神情木讷地待在一旁，没有流泪，也没有悲恸的表现。倒是那个男婴，嘹亮的哭声持续不断，令那个沉闷而又荒凉的冬季，让人难以忘怀地永远留存在记忆中。

往事翻江倒海，江一桐为自己的矫情而惭愧。时间过去了这么久，人生的大半也已经走过，许多事情已经伴随着岁月的消逝，逐渐浑浊，分解在不断失去的日子中。如果说还有什么不甘和遗憾，那便是昔日的那些所作所为，无可挽救。

夜里，迷迷糊糊，半睡半醒间，江一桐听到楼下有说话声，还有笑声。她翻了个身，懒得仔细分辨，继续沉入梦境。

在梦里，江一桐见到了妈妈，微笑的模样，白大褂里穿着一条米色的长裙，款款向她走来。

“妈妈。”

“桐桐。”妈妈向她伸出双手。江一桐刚要上前，妈妈忽然不见了，江一桐焦急地四下寻找。

“你在找我吗？”

江一桐回头，从妈妈身边把爸爸抢走的那个女人，正浑身是血地冲着她笑。她的裙子下摆全是鲜红的血迹，她非常非常瘦，咖啡色的瞳孔在慢慢放大，脸上的表情因为痛苦而显得狰狞。

挣扎着从噩梦中逃出来，江一桐狼狈得浑身上下被冷汗浸透。那些她永远都不会告诉别人的秘密，那些她以为早已埋在了十字架下的往事，原来从未被遗忘。她以无人所知的方式展开了新的生活，她以为自己早已忘记了，或者被忘记了，但是当她此刻从黑暗的深渊中爬上来时，她清醒地意识到，在那并不遥远的过去，有些事萦绕在回忆中，缠缠绕绕，难以休止。

2 三个人的房间

第二天，下楼吃午饭时，江一桐终于见到了她所谓的弟弟。

“一安，这是姐姐。”爸爸热情地介绍，他急于看到一出姐弟抱头相认大戏的样子，让江一桐忍不住笑出声。

弟弟端坐在饭桌旁，安静地吃饭，他的眉眼口鼻，像极了爸爸。他比小时候长得更好看了，独享家庭关爱的孩子就是茁壮。

妈妈过世后，爸爸就把弟弟和那个女人领回了家。爷爷腾出自己的房间给他们住，自己睡在客厅的沙发上。

弟弟的名字是爷爷取的——江一安。安稳一生的意思。就因为他是个男孩，所以就这么理所当然地取代了自己和妈妈在这个家里的位置吗？江一桐不能接受这个现实，在妈妈的葬礼结束后，她从医院辞了职，她像忠诚的卫士一样守在了家里，她想要守住妈妈的家。

男朋友打了无数个电话催她回去："你留在那里已经没有任何意义了，你什么也改变不了。"

江一桐不肯承认，对于她来说，没有什么事，比守住妈妈的家更有意义。于是，男朋友在出国前，给她打了最后一通分手电话。

"我们每个人都有自己要走的路，你妈妈的那条路已经走完了，你不能替她走下去，也无法替代她走下去。"

对于男朋友的话，江一桐全然听不进去，她当时被妈妈死亡的悲伤冲昏了头，坚定地认为自己必须做些什么才可以。

弟弟两岁的那一年，抱着保温瓶从二楼的楼梯滚了下去。滚烫的开水从他的大腿一直洒到胳膊上。急诊科的医生说幸好穿的衣服比较多，不太会留疤，但还是建议去给弟弟做一个全面的检查，毕竟从那么高的地方摔了下来。

爸爸和那个女人抱着号啕大哭的弟弟跑遍了医院的各个诊室，几天后他们去医院拿检查结果。

"身体除了有点擦伤没什么其他问题，不过，这个孩子智力有缺陷，这是大脑发育不完全造成的，目前没有什么好的治疗办法。"医生轻描淡写地宣判结果。

命运的剧本不可揣测，江一桐看到爸爸整天唉声叹气的样子，心里涌上一股奇异的快感。弟弟安静地躺在他的小床上，身上烫伤的地方涂满了爷爷调制的药膏，江一桐的手指从弟弟脸上轻轻滑过，琥珀色的皮肤，带着糖浆般腥甜的味道，令四周的空气变得黏稠。

“姐姐。”弟弟睁开眼睛。

“你是个傻子。”江一桐笑了起来。她有两个很深的酒窝，令她的笑容像是从蜜糖里酿制出来的。

弟弟也笑了起来。“姐姐。”他清晰地吐音，小小的脸上，充满了对新生事物的期待和理解。

回忆倾泻而下，江一桐听到对面的弟弟清脆的声音：“姐姐。”

弟弟可爱的圆脸庞上的表情是放松而自信的，那是他打出生起，就没有变过的神态。十五岁的少年，朝气疯狂生长的年纪。

“姐姐——”

“姐姐——”

“姐姐——”

“姐姐——”

爸爸窘迫地小声提醒：“你要回应一声，不然他会一直叫个不停。”

江一桐答应了一声，弟弟果然停了下来，目光安静地落在手边的一本书上。江一桐留意到他露在短袖和短裤外的皮肤，细腻光滑得一点也看不出有任何伤疤。时间过去了这么多年，在这个地方，江一桐什么都没办法留下，甚至是弟弟身上，她亲手烫上去的疤痕，也消失得无影无踪。

“可以走了吗？”一个穿着球衣的男孩走了进来。十八九岁的年纪，衣着整洁，五官的线条很柔和，脸上的表情大胆直率，显得稚气未脱。

"马上就好。"爸爸拎着弟弟的书包，送他们到门口。

男孩好奇地打量江一桐，扭头对爸爸说道："她和一安长得可真像。"

"姐姐。"弟弟突然开口。

"知道，知道，"男孩接过爸爸手里的书包，放到电动摩托的车篮子里，"你们两个一看就是亲姐弟。"

男孩骑车载着弟弟走远了，其实，不用别人说，江一桐也知道她和弟弟长得很像。他们有一样弧度的下巴，一样充满疑虑的眼神。这是 DNA 传承在他们生命中的印记，她痛恨这印记。

去医院的路上，江一桐负责开车，天空湛蓝一片，骄阳尽情地灼烧着整个世界。等红绿灯时，江一桐一直在眺望窗外的景色。好久没望着天空了，阳光悄无声息地落在她的脸上，像是覆了一层金色的面膜。

"他叫方文博，还记得吗？方叔叔的小儿子。"大概是抱歉坏掉的空调没有及时修理，爸爸没话找话说。

"记得，巷口第一家开便利店的。"

"对对对，"爸爸额头的汗珠顺着脸颊流下，他坐直身体，"我和你爷爷有事的时候，总是让一安去找他，他们能玩到一起。"

"他们能玩什么呢？"

一个正常成长的男孩，会和一个傻子成为朋友吗？江一桐的言外之意，爸爸并没有听出来。

“踢球，捕鱼，一安很会捉鱼，那些滑溜溜的鱼遇到他一点办法都没有。”爸爸像谈论天气一样说起弟弟的日常琐事。

“是嘛，这么厉害，所以他能自己照顾自己了是吗？”

“一安需要你，这个家也需要你。”爸爸的话还没说完，看到江一桐不耐烦的表情，他不再作声。

“你生病了，我可以照顾你，爷爷身体不好，我也可以照顾他，至于——”江一桐提高音调，将爸爸想要说出口的话堵在嗓子里，“我会把他送去专门的福利机构，那里的人比我更知道怎么对他。”

“你不能这样对你弟弟。”

“他不是我弟弟。”江一桐意气用事地说。

因为愤怒，江一桐差点追尾前面的车。

“小心点。”爸爸叫起来，本能地伸手想要调整方向盘。

“你不要乱动，这样更危险。”

江一桐粗鲁地推开爸爸的胳膊，爸爸将身体贴近车门，不再说话。刚才那一番争吵和折腾，使得他像浸泡在玻璃缸里的金鱼，全身湿透。

爸爸叼起一根香烟，双手在身上摸找打火机。

“少抽点吧。”

“你少管我。”打火机应该是放在了家里，爸爸丧气地揉搓着香烟的过滤嘴。

江一桐把自己的打火机递过去，爸爸看了一眼，默默扭过头。

他们刻意维持的友好局面就此结束。

将车停在医院大门外，一棵枝叶繁茂的柳树下，江一桐给罗嘉打电话，让他带爸爸去做检查，自己则立在门口等待。

不大会儿的工夫，罗嘉站在医院的大厅里朝江一桐招手。他双手插在白大褂的兜里，脸上带着温柔的微笑。

“我让护士带你爸爸去检查了，去我办公室坐会儿吧。”

“那多不好意思，耽误你工作。”

江一桐嘴上这样说，脚下还是跟着罗嘉走进了电梯。

“我今天下午不坐诊。”一路上，不断有小护士和罗嘉打招呼，“这边走，我还想和你谈谈你爸爸的情况。”

罗嘉在办公室讲的那些话，其实爸爸早在电话中和江一桐说过了。大约一周前的清晨，爸爸打来了电话。

“说话方便吗？”

“有事吗？”江一桐当时还没起床，裹在被子里，闭着眼睛，闷声问道。

“我得病了，肺癌晚期。”

“哦。”

事后，江一桐反复地假设，如果能够再给她一次机会，当她听到这个消息时，会做出什么更加合理的反应。

她得不出答案。

爸爸接着说："我还没告诉你爷爷和弟弟，我还不想这么快和他们说这件事，你也是知道的——"

"我知道，我知道。"江一桐重复着。

"你能回来一趟吗？医生说我的时间不多了，因为扩散到了别处，所以也没有做手术的必要，情况就是这样，如果你能回来的话，我想对你爷爷，还有弟弟来说，他们会很高兴的——"

"当然，我当然能回去，我现在就去买票。"江一桐不住地点头。

"买好票通知我，我去接你。"爸爸说，"那就先这样吧。"

按照爸爸说的，江一桐订了火车票后，给他发了一个短信。几分钟后，爸爸回复道："谢谢你。"

某种情况下，人不得不相信命运这种东西。一生中所拥有的事物，最终都会失去。生命都无法把握在自己手中，更何况其他呢。

踏上回家的火车，江一桐心中并没有异样的悲伤。爸爸在生命的最后时刻，惦念和关心的人里面，仍旧没有她。

"喂，想什么呢？"罗嘉伸手在江一桐眼前晃一晃。

"没什么，你刚才说到哪儿了？"

"我是说，照目前的情况来看，我建议你爸爸住院治疗，撑过今年冬天，还是没有问题的。"

"我都可以，听他的。"

罗嘉皱起眉头，他每次生气，眉毛都会率先挑起来，仿佛在警告对面的人，此人很凶，生人勿近。

“对了，有件事，我得找你帮下忙。”江一桐埋头翻起自己的包。

“除了医院里的事情，其他的，我能力很有限。”

“别这么说，你可是咱们班最优秀的学生，班主任当年恨不得收你做她的干儿子。”江一桐调侃。

“别瞎扯了，你到底想让我帮什么？”

“我——”

江一桐隐约想起，她临出门前换了一个手提包，东西大概是忘在那个包里了。

“罗医生，都检查完了。”一个扎着马尾、画着一字眉、长着娃娃脸的小护士敲开门。爸爸挽起的袖管下，青色的血管粘着白色的胶布。

“辛苦了。”罗嘉和护士去办公室外交谈。

“觉得怎么样，还好吗？”江一桐搀扶着爸爸坐下，给他倒了一杯水。

爸爸疲惫地垂着头，整个人缩在椅子上，脖子上松垮的肌肉皱成一团。很久很久以前，江一桐骑在爸爸的脖子上，双手在风中胡乱地扑腾，发出“咯咯”不停的欢乐笑声。听到这样的笑声，爸爸会紧紧抓着江一桐的双腿，故意做出摇摇晃晃的动作，引得她紧紧搂着爸爸的脖子，笑得更大声。

自己顺理成章地长大，却几乎忘记了爸爸也在不可避免地衰老，江一桐不得不正视，爸爸已经是一个六十三岁的老人了。

“我们什么时候回家？”爸爸抬起头。

“马上，稍等我一下。”江一桐在走廊的另一头找到罗嘉。

“办理住院吗？可是刚才护士说，你爸爸坚决不同意——”罗嘉看了江一桐一眼，安慰的语气，“慢慢说服他，每个病人都会经历这样的阶段。”

“是吗？”

“面临死亡，没有谁能勇敢起来，不论做什么样的选择，结局都不会改变。作为亲人，可以不理解，但一定要支持。”

罗嘉开了几盒药，叮嘱江一桐如何服用。

“别这么啰唆了，你忘记了，我也是学医的。”江一桐说。

“太久了，真的有些不记得了。”

罗嘉微笑起来，的确，他们分开了太长太长的时间。

罗嘉目送江一桐父女离开医院，在后视镜中，他慢慢变成了一个看不见的小黑点。

“这是以前总在巷子口等你上学的那个男生吧？”爸爸忽然开口问。

“是，你还记得他？”

“有点印象，比小时候看起来斯文了许多。”爸爸伸了伸腰，“时间过得可真快。”

“是啊，太快了，我都老了。”

“什么话，你这个年纪正是好时候，我都要——”爸爸将那个

"死"字吞掉了一半。天色昏沉，又有一场雨要降临。

夜晚浸泡在蒸腾的水汽里，江一桐坐在门口的台阶上，给自己点了一支烟，她闭起眼睛，静静地深吸一口。从对烟味深恶痛绝到深深依赖，不过是一夜之间。

人的转变就是这样不讲道理。

妈妈去世后，江一桐拒绝任何人进入她的房间。妈妈的衣橱里挂着几条没有剪掉标签的裙子，都是江一桐喜欢的款式。

这是妈妈为她准备的礼物，她们曾经约好了，要为对方买下许多漂亮的裙子。江一桐抱着自己空空的行囊，大声哭泣起来。

抽烟不会让痛苦休止，只会令鼻翼两侧的毛孔日益增大，还有洗牙时，牙医总会给出戒烟的忠告。明白这些时，江一桐已经无法摆脱香烟了。

"抽烟不好。"弟弟坐到江一桐身边，双臂环住膝盖。

"不抽烟的人才会这样认为,"江一桐将手里的半截香烟递过去，"得亲自试过之后，才能下结论。"

弟弟犹豫地伸出手，尼古丁的味道呛得他咳嗽出了眼泪。

"不好。"弟弟坚定地摇头，他夹在胳膊下的书掉在了地上，是米兰·昆德拉的《生活在别处》。

"那什么是好的？"

"看书好。"弟弟细心地将封面上的尘埃弹掉，把那本已经卷边的小说，放到江一桐的膝上。

江一桐离开家的那些年，爷爷给她写过几封信，信里提到弟弟没办法上学，总有同学欺负他，指着他的头说他是白痴。老师也多次婉转地推荐了几所特殊教育学校，弟弟被接回了家，每天和爷爷，还有爸爸待在一起。起初，为了不让弟弟太闷，爸爸买了几本小人书——就是那种画比字多的书给他看，慢慢发现，弟弟很喜欢看书，也能认识许多字。爸爸兴奋地带着弟弟去看医生，想以此证明弟弟不是一无是处的人。但医生对此并没有给予太多的肯定："认识和理解，是两个概念，懂吗？"

看到爸爸一脸茫然，医生为他举了一个简易的例子，医生随手拿起桌上的一张报纸，指着上面的日期问弟弟："能念出来吗？"

"星期一。"弟弟读出来。

"很好，那明天是星期几呀？"

弟弟困惑地盯着报纸，医生和爸爸交换了一下眼神，意思是你看，不论你如何证明，也改变不了任何事情。

江一桐不知道爸爸是否真的明白了医生的话，爷爷在信中写到爸爸给弟弟买了很多书，楼上的房间堆满了，他就把楼下的客厅改造成了一个小型的家庭图书馆，弟弟和那一屋子书相处融洽。

"他想做的太多了，可是他能做的太有限了，和我商量之后，你爸爸把这个书店开了起来，为了不影响我们白天的生活，他把营业时间定在了晚上。我想，他是想给你弟弟留下点什么，毕竟，我和他年纪都不小了，我们能做的太有限了。”

在那封信里，爷爷一连用了两个“有限”。江一桐有时走在加班后的深夜里，想象着那样的光景，静谧而模糊的二层小楼，旧得像一团废纸。暗淡无光的浓黑中，屋子房檐下橙色的灯光钝钝地亮着，房间里的三个男人，他们有的睡在二楼的狭窄木床上，有的抱着永远也无法读懂的书，蜷缩在某一个书架后面，还有的守在门口，静静看着外面漆黑的夜，等待着客人推门而入。

无论走到哪里，去到哪个国家，江一桐都在心里认定了，她所想象的这幅画面，是这所房子，以及房子里的人唯一的生活，并且这番光景还将无尽头地持续下去。

江一桐一言不发地站起身，回身凝视。透过弟弟身后的那扇门，她迫不及待地想要将时钟拨快几个钟头，这样她就可以亲眼看一看，那扇门的背后，会有怎样一番超现实主义的场景出现。

罗嘉的电话不合时宜地破坏了江一桐的思考。

“你今天在医院说有事找我帮忙，后来话没说完，你就走了，到底什么事？”

“也没什么大事，想找你老婆帮忙做个人流手术，她现在都是主任医师了吧，我今天在医院看到她的简介了。”

如果不是爸爸突如其来的那通电话，江一桐也不会急匆匆赶回来，忘记了自己早已约好了这周要做的手术。

“给谁做手术？”

“当然是给我做了。”江一桐看到巷子口有人走了过来，还听到了几声狗叫。

“你丈夫知道吗？”

“我还没结婚。”江一桐在原地踢着一块石子，她能听到罗嘉无可奈何的呼吸声，知道他一定会答应。

“好吧，”妥协的语气，“你这周抽空来一趟医院。”

“谢了，老同学，还有提前向你老婆说一声麻烦她了。”

罗嘉像是随口一提的口吻：“这话你自己和她说，我们已经离婚了。”

起风了，江一桐用手挡住眼睛，以免尘土被刮进去。这个酷热的季节，终于迎来了结束的风声。

3 邻人圆舞曲

再过一点点时间，就是凌晨三点钟，尽管已是这个时间，屋里的三个客人还是没有离开的意思。

靠窗边的女孩席地而坐，一件宽大的校服盖在腿上，头发染得五颜六色，年龄像是高中生，细长的手指上有好几处刺青。

离女孩不远处，一个男人背着手，仰头面对书架，似乎在找他感兴趣的书。

男人个子很高，穿着一件皱巴巴的条纹衬衣，大概是几天没有洗头，头发一簇一簇的，像杂草立在脑袋上。

在角落的书堆后，传来细微的打鼾声，一个藏青色的睡袋里钻着一个中年男人，他胸口摊开着一本本雅明的《单行道》。

江一桐认识他，是便利店的主人，方文博的爸爸。记忆中，他还是一个白净、挺拔的青年，没想到再次见到，已经是如龙卷风般粗粝的容颜。

他牵着狗出现在江一桐的面前时，脸上露出一闪而过的讶异神情："江一桐小姐，你好啊。"

"你好，方越先生。"

严格来讲，方越比江一桐大不了几岁，因为他早早结婚生子的缘故，爸爸总是让江一桐喊他叔叔。

只有他们两个人的时候，才会有这种戏谑的玩笑话出现。

方文博升入高三，是一个"准高考生"，方越为了不让自己的呼噜声影响他学习，每天夜里，会来书店找一个安睡的地方。

"你这样，会不会让他压力太大？"江一桐蹲下身，那只黑到发亮的小狗便乖巧地把头搁到她的掌心。

"等你做了父母就能体会了，"方越打了一个大大的哈欠，"幸亏你爸爸开了这样一个店,不然我都不知道去哪儿找个睡觉的地方。"

我大约永远也无法体会，江一桐这样想着，手不自觉地抚摸上自己冰凉的小腹，在她的身体深处，沉睡着一个即将离开的生命。

"正如你的生活是由你选择的那种职业和婚姻所决定，我们的小说也是由我们瞭望台的角度所限定：我们能够完全看见雅罗米尔和他母亲，而其他人物只有当他们出现在这两个主角面前时我们才能瞥见他们。我们选择了这个方法正如你选择了你的命运，你我的选择都同样是不可改变的。”

屋里面，传出弟弟念诵的声音。

“然而，每一个人都遗憾他不能过其他的生活。你也会想过一过你所有未实现的可能性，你所有可能的生活。我们的书就像你一样。它也渴望成为它本来可能成为的所有其他小说……”

江一桐推门进去的时候，弟弟抬头望了她一眼，又低下头继续念起来。他手里捧着的是那本《生活在别处》，那是一本内容晦涩的书，江一桐每次读不过五页就放弃了。

“一安，你的声音可真好听。”窗边的女孩枕在自己的臂弯里，半睡半醒地呢喃。

高个子男人将十元钱放到门口的纸箱里，然后向江一桐点点头，悄无声息地离开了。在一进门的墙壁上，挂着一块小黑板，上面写着：看书十元，请保持安静！

爸爸已经在楼上的房间睡熟了，这种无人营业的方式，大概是爸爸出于对弟弟将来的考虑，所做出的决定。

“怎么还不睡？”江一桐悄声问。

弟弟瞪大眼睛，伸手拉住江一桐的衣角：“陪你。”

虽然不想再问，但江一桐还是忍不住开口：“为什么要陪我？”

“因为你怕黑。”

夜晚真是让人伤感徒增的时刻，江一桐想起第一次听弟弟说这样的话时，他还只是一个五岁的孩子。在一个充满了星光与启示的夜里，江一桐对跟在自己身后的那个小小身影颤声说道："姐姐怕黑，你保护姐姐好不好？"

"好，我永远保护姐姐。"

弟弟板着一张小脸，郑重其事地承诺。

从回忆过去的天地间挣脱出来，江一桐拉住弟弟的手，送他回楼上的房间。狭窄的楼梯上，弟弟紧紧跟在江一桐身后。

爸爸被开门的声音惊醒，按开了床头的台灯。

"我送他上来睡觉。"江一桐说。

"你也去早点休息吧，"爸爸眯着眼睛看了看枕边的手表，"楼下的事情不用管，没有关系的。"

"知道了。"江一桐关上门。

这时，黎明将近，远处大街上响起公交车驶过的声音，宣告着新的一天即将开始。江一桐深深地呼吸，眼前这个早已不属于她的故乡，安静地包裹着她，似乎完全能够理解她当初为什么离去，也能够明白今日她为什么归来。

一个雷在天空中炸响的时候，江一桐刚从床上爬起来，站在卫生间里，噙着牙刷，口齿不清地劝爸爸去住院。

"罗嘉说了，只要你配合治疗，撑过春节完全没问题。"

"没什么意义，还得瞎花钱。"爸爸坐在桌旁，戴着老花镜细读药盒里的说明书。

“治疗的钱，我来出。”

“不是钱的问题，没什么意义。”

“活着没意义，什么才有意义。你叫我回来，就是为了让我看着你等死吗？”

江一桐从卫生间里跳出来，连嘴角的牙膏沫都来不及擦掉。伴随着远处的雷声，天空仿佛被蒙上了黑布，迅速暗了下来。

低沉的屋内，爸爸摘下眼镜，不知道是在问自己，还是问江一桐：“如果我不是要死了，你还会回来吗？”

空气里弥漫着一股草木的清新味道，看来一场骤雨正在某地下着。江一桐威胁地说道：“下午就去住院，不然我就把你生病的事情告诉爷爷。”

像弟弟一样大的年纪，江一桐站在便利店的冰柜前不肯走：“给我买一个冰激凌，不然我就把你偷偷抽烟的事情告诉妈妈。”

“好吧，只能吃一个。”爸爸掏出钱包。

此时，爸爸与那时一样的神情，顺从地去收拾住院用品：“好吧，先住几天看看吧，如果没效果，我是一定要出院的。”

去便利店买日用品时，江一桐和方越说了爸爸住院的事情。方越将面前的风扇加大一挡，附和着说道：“不管怎么样，还是治治看吧。”

说话间，方文博背着书包走进了店里，方越站起身：“饭菜在厨房，稍微热一热就能吃了。”

方文博眼皮也没抬地径直走进去，方越又冲他的背影喊道：“江伯伯有事，晚上把一安叫到我们家来吃饭。”

“晚上我应该可以赶回来——”江一桐看到方越流露出“为什么要这么客气”的眼神，适时地打住了。

“我去给你找个袋子。”方越弯腰在柜子下面翻找。

他放在电扇旁的手机响起来，屏幕随之亮起来，一个男孩比着剪刀手大笑的照片映入江一桐眼帘。

“袋子给你。”方越直起身，看了看手机，脸沉了一下，“又是学校的老师。”

“那我先走了。”

“好，需要帮忙的话，随时给我打电话。”方越点点头，背对着江一桐接起电话，“是，是，这样吗？真是对不起——”

走出便利店门口时，江一桐听到方越盛满怒火的声音：“你们老师又打电话来告状了，你每天在学校到底在干什么？”

方文博微弱的辩解声，随着江一桐的走远而消散。

病房的环境不错，三个人的房间，爸爸的床位是靠窗的那一个。江一桐从护士站领了体温计和病号服走到门口时，听到爸爸正在和中间病床上的病人聊天。

“你在这儿待了多久了？”

“两个月了。”病人是一个戴着白色帽子、瘦削虚弱的年轻人，苍白的嘴唇上裂开了一条条的口子。

“医生说什么时候能让你出院？”

“出院？我可不出院，出院就意味着没治了，没救了，我可不出院。”年轻人轻轻晃着脑袋。

“是啊，是啊。”爸爸嘴上应承着，眼睛求救似的望向门口，那一刻，江一桐有点怀疑，把爸爸送来治疗，真的是为爸爸着想吗？

对爸爸交代了注意事项，江一桐在枕头下塞了几百元钱。

“你这是干什么？”爸爸有些吃惊。

“我看了一下，地下一层有一个美食街，你要是觉得食堂送来的饭不好吃，可以去下面买一些自己爱吃的。”

江一桐帮爸爸把床头摇高了一些。

“我自己有钱，快拿走。”爸爸不肯接受。

“先放这里吧。”

“快拿走。”爸爸坚持。

看到爸爸闹别扭的情绪，江一桐把钱装起来。她站在床尾，出神地盯着窗台上薄薄的一层尘埃，原来医院里也不是处处无菌的。

隔壁病床上的年轻人旁若无人地大声咳出嗓子里的痰，他费力地抓过床头的呼叫器，用力按了下去。

“43床，你又怎么了？”护士走了进来。

“胸闷，喘不上气。”年轻人指了指自己的胸口，急促地大口呼吸。

护士凑近看了看：“一切正常，没关系的，放轻松些。”护士又走到爸爸面前：“你觉得怎么样，44床？”

爸爸恍惚地点点头。

护士对江一桐说：“病人目前的状况，晚上可以暂时不需要陪护，如果你想留下照顾，需要去护士站领一张折叠床。”

“不用，不用。”爸爸回过神来抢着说道，“你回去吧，我挺好的。”

“没关系，晚上我可以留在这里。”

“走吧，走吧，你弟弟一个人在家里，我不放心。”爸爸又补充道，“书店门外的灯，别忘记打开，不然客人会以为不营业了。”

这些事情也不是一定需要我去做啊。心里这样想着，江一桐还是拎起包：“那我明天再来看你。”

护士耸耸肩，与江一桐一起走出病房，告诉她不用担心，医生的治疗方案还没有出来，刚开始的这几天，不会出现什么状况和意外。

罗嘉的办公室门前，等着好几个前来看病的人。他们每个人手中都拿着厚厚的报告单，麻木不仁地等着医生给出最后的宣判。

江一桐观望了一阵子，决定先回家去。她在心心念念想着如何杀死一个生命的时候，这世上还有那么多人，正在为如何活得更久而经受恐惧和疼痛。

站在电梯前面，她的食指快速而胡乱地按着向下的金属按钮，冰凉的触感令她心里涌起久违的悲伤。

“江一桐。”电梯门里，站着的女医生不可思议地叫起来。

“林晗，好巧啊。”江一桐没想到，她和自己的主刀医生，罗嘉的前妻会无巧不成书地在电梯里偶遇。

“你是来找我的吗？你的事，罗嘉和我说了，我今天太忙了，还没来得及联系你。”林晗一边埋头发微信，一边密不透风地说出一大串话。

“我来送我爸爸入院。”

“哦，对，你爸爸的事，我也听罗嘉说了，太遗憾了。”林晗肃穆地将目光从手机上移开。

面前的林晗，和江一桐记忆中的林晗完全不同了。大学时的林晗长发飘飘，每天追在罗嘉身后跑，经常站在男生寝室的楼下，双手做喇叭状，仰着头喊道：“罗嘉，你给我下来，我知道你在宿舍。”

林晗并不是一个多勇敢的人，但是在罗嘉面前，她释放出了自己全部的勇气，只为得到罗嘉对她说一句：“真是没办法，你说了算吧。”

虽然罗嘉总是在拒绝她，但是林晗仍固执地认定总有一天，罗嘉会回头喊她的名字，而那时，一直等在罗嘉身后的她，便可以满怀幸福地跑过去。

在得知罗嘉与林晗结婚的消息时，江一桐认为天底下再也不会有任何一对夫妻，比他们更值得拥有幸福。

“听罗嘉说，你们离婚了？”江一桐还是不愿相信。

“是啊，有一年多了吧。”林晗的右手轻轻抚上左手的无名指，空空的手指上，似乎还有戒圈留下的痕迹。

江一桐等着她接着说。

“我们不合适，你看，我在妇产科，他在肿瘤科，我每天面对生，他每天面对死，日子过久了，我们自己都觉得别扭。”

“那——孩子怎么办呢？”明知道林晗是在和自己兜圈子，江一桐也装糊涂地不再追问下去了。

“和他一起生活，他父母可以帮忙照顾，而我只有一个人，你也知道，”林晗伸出双手，“家庭、事业难两全，女强人的悲哀。”

细微的雨丝，湿滑的地面，江一桐坐在出租车上，仰头望着街道两旁高耸的建筑。放在包里的手机振动个不停，是罗嘉打来的，江一桐不想接，她觉得自己突然特别累，累到一个字也不愿意说。

“嗡嗡——嗡嗡——”手机坚持不懈地振动。

江一桐认输了：“喂。”

“你来过医院了？怎么不来找我？”

“你在忙，而且我见到林晗了，我们约好了下周一做手术。”

“那么，这个周末，我们见个面吧，我请你吃饭。”

“我不知道——”出租车里的冷气开得很足，江一桐的头被吹得很疼，她将包挡在身前，“我是说，到时候再说吧。”

“好吧，这几天你注意休息，别感冒，还有，别抽烟，对孩子不好。”

不是要做手术了吗？还有什么关系呢？江一桐模棱两可地回答："听到了。"

出租车停到门口，司机侧头看了看门上方的牌子。

"书店在晚上几点开始营业？"

"这个——"江一桐也不确定，她模糊地说道，"八九点钟吧。"

"不是深夜书店吗？八九点钟还不能算是深夜吧。"

"只是一个名字而已，没有特别强调时间的意思。"江一桐接过司机递来的零钱，打开了车门。

"只是卖书吗？"

"什么？"

刚上车时，江一桐觉得司机的样子看起来是一个沉默的中年男人，他长着一张长形脸，神情晦暗。却没想到，在临下车时，他会突然认真地、孜孜不倦地追问一些莫名其妙、与他毫不相关的问题。

"如果只是卖书的话，生意不会太好吧，现在大家都习惯网购了。"

"也可以留在店里看书，"走到出租车下，江一桐加了一句，"如果你夜里没地方可去的话。"

晚饭是在方越家里解决的，江一桐本想带弟弟去随便找个餐馆，她对做饭这件事实在不擅长。

"就在我家里吃吧，添双筷子的事。"方越热情挽留。

弟弟边喝橙汁，边盯着黑色小狗左右摇摆的尾巴，对于江一桐的招呼声，完全充耳不闻。

“他专心做一件事情的时候，别人是没办法打断的。”方越显然更加了解弟弟。

对弟弟又增添了新的认识，江一桐不再坚持，她给爸爸打了一个电话，告诉他自己和弟弟会在方越家里吃晚饭。

“书店是几点开始营业？”江一桐突然转移了话题。

“一般是十点钟，有时候也会早一些。”

“只是卖书吗？”

爸爸沉默了几秒钟，稍想了一下，说道：“很少有人会来买书，来的人只是想找个地方消磨时间。”

一家不卖书的书店，营业时间还是大多数人入睡的深夜。真不明白爸爸是怎么想的。江一桐回头，看到方越手里握着一把筷子，站在她的身后。

“来吃饭吧。”

便利店的后面，有一个简陋的厨房，一张折叠的方桌摆在了正中央，几道清淡的家常菜盛在盘中。

方越的妻子是名舞蹈老师，在城市的另一端有一间舞蹈工作室，晚上是教课的高峰时段，她通常不回来吃饭。

方文博功课多的时候，就在学校附近解决晚饭，下了晚自习后，再回来加餐。

“肉松，别光吃肉，吃点菜，要营养均衡，看你都胖成什么样子了。”方越伸出脚，把狗盆踢了踢。

小狗头也没抬，咬着狗盆跑到了方越够不到的地方。

“真是被惯坏了，管不了你了。”

方越夹了一大筷子的青菜，放到弟弟的碗里，又把排骨向江一桐面前推了推。

“多吃点，好多年没尝过我的手艺了吧——”

“还是那么厉害，很好吃。”

听到江一桐的赞扬，方越眼角的皱纹都被笑意熨平了。

“好吃。”弟弟鹦鹉学舌。

吃过饭，江一桐执意帮忙洗碗，方越站在水槽边，听她说了说爸爸住院的情况。

“是我坚持让你爸爸通知你回来的，他一开始不愿意，觉得你不会原谅他，我和他说这是两码事。”

“有什么原谅不原谅的。”

江一桐淡然地说，她拿起白色的洗碗布，把每一只碗上的水渍擦干净。

“是啊，都过去了这么多年了，什么事情都可以放下了。”

方越很了解过去的那些年发生过什么，但是他不会懂得，对于江一桐来说，时间对她来说不是祛除伤痛的良药，而是一张编织细密的大网，过往的那些阴影，全部在网里堆积着，她无法视而不见。

4 雨中幽灵

周六醒来，天已经大亮，江一桐摸出枕头下的手机一看，才刚过六点钟。她还清楚地记得梦境里的事情，妈妈穿着碎花裙子，推开窗户喊她回家，她穿着校服，加快脚下的速度向家里跑去。在她和妈妈两个人相依为命的那些时光里，她们彼此依赖，相互给予对方最努力的爱。

虽然妈妈已经离开了十五年，但是，江一桐一闭上眼睛，脑海中还是能够清晰地浮现出妈妈微笑的样子，那么动人，那么年轻。如何轻易地吸引到旁人的目光，好像是妈妈骨子里无法抗拒的天赋，她总是众人目光的焦点，除了爸爸。

妈妈是爷爷介绍给爸爸的，他觉得这个刚来到医院的女医生很适合自己的儿子，便拿着爸爸的照片敲开了妈妈办公室的门。出于礼貌，妈妈答应和爸爸吃一顿饭。

吃饭的过程中，爸爸话很少，但是抽了很多烟，很显然，爸爸对坐在自己对面的优雅女人不感兴趣。不过，那顿饭之后，从未谈过恋爱的妈妈对爸爸产生了一点好奇，后来，这好奇一点点渗出，成为好感，不可收拾。

“见到你爸爸，我就知道，他是我喜欢的那个人的样子。”妈妈不止一次对青春期的江一桐这样说道。

确认了自己的感情，妈妈爽快地回应了爷爷，爷爷便随即马不停蹄地为妈妈和爸爸制造各种相处的机会。

爷爷的热心，对妈妈来说未必是好事。爸爸会和妈妈结婚，是因为爷爷强硬地拆散了他和初恋女友的爱情。

在婚礼当天的酒宴上，酩酊大醉的爸爸不顾众人的阻拦，拍着桌子高喊：“你满意了吧？终于满意了吧？”那是唯一的一次，爸爸公然挑衅爷爷的尊严。

专注地沉浸在往事中，江一桐倚在二楼的栏杆前，望着天上棉絮一样的破碎云朵，没有看到爷爷已经走到了楼下。

“怎么不打声招呼就回来了？我可以去接你的。”

江一桐接过爷爷的帽子，挂到了墙上的钩子上。那是一顶灰色的圆形帽子，从江一桐有记忆起，它就被爷爷戴在脑袋上。

“接什么，坐车那么方便。”九十岁的爷爷比起同龄的老人来说，身体健康得就像是一个奇迹。

听到楼下的动静，弟弟跑了下来。

“一安，爸爸呢？”爷爷握住弟弟的手，江一桐看到他的手指无意识地搭在了弟弟的手腕处。

“去医院了。”弟弟回头看了看江一桐，挨着爷爷坐下，“姐姐说爸爸生病了，要等医生把他的病治好了才能回来。”

“脑梗，不是很严重。”

这是江一桐和爸爸统一口径的病情，既可以让爸爸留在医院足够的时间而不被怀疑，也可以让爷爷不至于太过担忧。

果然，爷爷斜眼看着江一桐，认为江一桐特意大老远赶回来是大惊小怪，让她赶紧回去工作。

“我辞职了，想休息一段时间。”江一桐说完，爷爷没再接话，他走进了自己的房间里去休息。

晚上，书店里空无一人，江一桐弓着腰拖地板，顺便把地上杂乱的书放到书架上。一番整理之后，屋里整洁得有些认不出来，这一点，从走出卧室的爷爷脸上的表情可以得到确认。

“收拾这些做什么，过几天还会乱成一团糟。”

江一桐没有停下手里的动作，她踮着脚，把书架上的每一格都擦拭干净。经过这一次的打扫，她才逐渐找回了关于这幢房子的记忆：曾经摆放电视的地方，现在被替换成了一组矮脚柜；曾经放沙发的地方，现在被一堆纸页泛黄的旧书占领。

“没关系，我每天都会整理的。”

“和你妈妈一模一样。”尽管爷爷只是发出了很微弱的声音，这声音还是钻入了江一桐的耳朵里。

“是不是我吵到你了？”

“你继续。”爷爷摆摆手表示不打紧。

“我很快就好。”

“你爸爸一个人在医院，能行吗？”

江一桐直起身体：“没关系的，我医院的朋友会照顾他，而且，他也不愿意我留在那里陪他。”

“他就那个样子，”爷爷摆摆手，“自以为是，以为他自己能把所有事情都做好了，算了，由他吧。”

刚擦过的地板还有些湿，爷爷脚下打滑，身形趔趄了一下，江一桐扔掉抹布冲了上去，爷爷的手紧紧握在她的手腕处。

江一桐条件反射地把自己的胳膊抽了出来，她担心爷爷仅凭刚才那一握，就能从她的脉搏跳动，发现她藏在肚子里的隐秘。

迎着爷爷狐疑的目光，江一桐叮咛：“小心点，摔坏了怎么办！”

爷爷从来不许别人质疑他的身体素质，果然他露出一个不满的表情，转身丢下一句：“瞎操心。”

江一桐又继续擦地，她弯曲着身体，视线在面前的地面上晃动，一双粉红色的马丁靴出现在她眼前。

“一安呢？”是那个发色凌乱的“不良少女”。

“他已经睡了。”

爷爷回来后，早睡早起的作息时刻表无形中立即生效，弟弟吃过晚饭后不久，便乖乖上楼去了。

“哦。”带着遗憾的表情，少女把书包垫到屁股底下，轻车熟路地从书架上拿下漫画书翻看起来。

“不用上学吗？”

“什么？”少女嘴巴里嚼着口香糖，吹出的泡泡发出“扑哧”的破裂声。

“已经这么晚了，还不回家，明天不用上课吗？”

“阿姨，明天周日。”

意识到自己问了一个愚蠢的问题，江一桐不再说话。她坐到门口那张桌子后面，听到少女抱怨：“瞎操心。”

接连两次被埋怨，江一桐不禁自嘲，自己最终也不可避免地成了令人生厌的啰唆的中年女人。

在桌子的抽屉里放着一个蓝色的笔记本，上面记录了每日的收入，看得出来是爸爸的字迹。

有时一天三十，有时五十，最多的时候也不会超过一百元。有什么意义呢？江一桐在心底模仿爸爸的口吻。

从书架上随便抽出一本张爱玲的小说，江一桐在高中的时候很喜欢看张爱玲的小说，故事里那些美丽女人不顾一切又巧心钻营的爱情让她着迷。

《倾城之恋》中，白流苏和范柳原的乱世爱情让她哭湿了枕巾。在课间休息的时候，江一桐给罗嘉绘声绘色地讲述了这个故事，罗嘉刚踢完球，身上散发着香皂与汗水混合的并不难闻的味道。

“这不就是一个傍大款的故事吗？我这里也有一个类似的故事，你想不想听？”罗嘉故弄玄虚。

“你肚子里能有什么故事？”

看到江一桐不屑，罗嘉一板一眼地从嘴巴里蹦出三个字：“灰——姑——娘——”

“去死吧你——”

江一桐把数学课本扔到罗嘉大笑的脸上。

时隔多年，重新翻开这个故事，江一桐震惊年少的罗嘉，其实早早看到了这个虚荣爱情的内核。

“香港的陷落成全了她。但是在这不可理喻的世界里，谁知道什么是因，什么是果？谁知道呢？也许就因为要成全她，一个大都市倾覆了。成千上万的人死去，成千上万的人痛苦着，跟着是惊天动地的大改革……流苏并不觉得她在历史上的地位有什么微妙之点。她只是笑吟吟地站起身来，将蚊香盘踢到桌子底下去。”

在故事的结尾，张爱玲用华美的文字落下帷幕，二十几年前，江一桐相信她写的那句“传奇里的倾国倾城的人大抵如此”。

而如今，江一桐看到最后一句才恍然，原来真正的答案早早就近在眼前，只是她从未真正地醒悟。

“到处都是传奇，可不见得有这么圆满的收场。胡琴咿咿呀呀拉着，在万盏灯的夜晚，拉过来又拉过去，说不尽的苍凉的故事——不问也罢！”

合上书，江一桐看到看漫画的女孩坐在靠窗的位置上已经酣然入睡。她拿起烟盒走到了门外，把烟嘴塞进嘴里时，想起罗嘉的医嘱，又把香烟装进了烟盒里。

普通不过的闷热夜晚，这个时节，北方已经秋意萧索，这里却还是持续着令人眩晕的高温。天空深处响起一声闷雷，倾盆的大雨全力以赴地驱赶着白日阳光照射留在地表的余温。江一桐小时候最喜欢听着这样的雨声睡觉，想象自己的小床变成了一只小船，在被雨水淹没的街道上漂流。

一阵急促的脚步声在突如其来的雨声中响起，一个人影跌跌撞撞地从巷口跑了过来。在房檐下亮起的金色柔光中，江一桐看清了他鼻青脸肿的样子。

巷子两边，所有的房屋都房门紧闭，所有的窗帘都遮挡严密，暴露于黑暗之中的，除了江一桐，便是面前这个需要帮助的男人。

“二楼第一个房间。”

江一桐急促的话音刚落，男人就跨上了台阶。在他跑动的时候，江一桐注意到他右边的袖管空空荡荡，无力地垂在身体一侧。

两三个胳膊上文着骇人图案的结实青年追过来时，江一桐站在屋内的书架前，手里轻轻摇着扇子。

那几个人朝屋里张望了一番，很快又折返出巷子。随后，那个男人也从楼上下来，他抹了一把脸上的雨水，疾步走掉了。

周日吃早餐时，江一桐说自己想去看看妈妈。

爷爷吞下一口鸡蛋羹，默许地看了看门外。天气不错，雨后初晴，空气里有湿漉漉的青草味，几只觅食的麻雀在路面上跳来跳去，偶尔走过的行人，将它们惊得拍打着翅膀飞上那棵老梧桐。

弟弟小声地要求："我也去看妈妈。"

江一桐和爷爷都没有作声，直到江一桐出门时，弟弟还在她身后，羞涩地说："姐姐，我能不能去？"

"下次吧。"

看到弟弟脸上洁净的神情，江一桐脸上泛起了一个自己也没有察觉到的笑容，在弟弟的眼中，江一桐看到自己这样母性的表情，不由得怔住。

罗嘉的车停在巷子外面，江一桐并没有打算带他一起去看妈妈，但是罗嘉一再坚持，江一桐只好同意。

车里没有多余的内饰，脚垫上也很干净。虽然是和江一桐一样的年纪，这个男人身上还是散发着蓬勃的气息。

公墓在城市东南角的山腰上，沿途的路上，景色不错。汽车停在墓园外，江一桐和罗嘉一前一后，沿着石阶向上而去。

"你多久没回来看你妈妈了？"罗嘉好奇。

“大概，十年。”

“真是够久的。”

“是啊，很久了。”

“这期间，一次也没回来过吗？”

“没有。”

“真是狠心。”罗嘉跟着江一桐向左拐去，抵达妈妈的墓碑前，他惊讶地指着地上的一束花，“这是谁放的？”

“可能是妈妈的朋友吧。”江一桐将自己怀里的花放到墓碑前。

之前的那束花，花瓣已经枯萎掉落，看样子是几天前就放在这里了。姥姥和姥爷早已去世，妈妈是独女，会是谁来过呢？

“也许是你爸爸。”罗嘉猜测。

“不可能。”江一桐斩钉截铁地否认，“不可能。”

陪妈妈度过了一整个下午，寥廓的长空看不到一丝云彩，飞机移行留下一道浅浅的白色印记，一点一点消融进巨大的、蓝色的天幕里。

“孩子是他的吗？我见过的那个人。”罗嘉忽然问。

不想在妈妈的墓碑前说这个话题，江一桐没有作声。

“为什么不想要，你们分手了？”

“我们不可能永远在一起。”

“我知道——”

“不，你不知道，我们不可能在一起。”江一桐看着墓碑上妈妈的照片，然后她就哭了起来。她的眼泪肆无忌惮地从眼眶流出，她知道妈妈一定能够理解她此刻的泪水，只有在妈妈面前，她才会觉得自己还算是一个心中藏有良善的人，她的手指微微颤抖着抚摸妈妈的照片。

少顷，罗嘉把手轻轻放在江一桐的肩上。

离开公墓时，天边烧起了晚霞，红色刺眼夺目。

罗嘉把江一桐送到巷口，“明天记得准时去医院，不过——”他悲悯地望着江一桐的小腹，“你还可以反悔。”

多年前，江一桐站在深圳宝安机场的登机口，罗嘉被拦截他的保安死死拖住，他喊着：“江一桐，你还可以反悔——”

江一桐忽然怀念起那个兵荒马乱的时刻,如果她当时选择回头，今天的自己，还会不会丢失那么多珍贵的东西。

“姐姐——”

江一桐经过便利店时，弟弟从里面冲出来。

“他一直在等你。”方文博鼻梁上架着一副黑框眼镜，从店里探出头。

弟弟手里握着一盏打开的电筒，灯管晃得江一桐眯起眼睛。

“听说你去公墓了？”

方文博从店里跳出来，江一桐才注意到他左脚上裹着厚厚的纱布，看来昨天方越没有去书店打盹，是留在家里照顾受伤的儿子。

“你的脚怎么了？”

“踢球的时候，扭伤了。”

“好好休息，我们先回去了。”江一桐看到爷爷站在书店门口，费解地不停按着墙上的开关。

“下次你去的时候，能不能带上我？”方文博为自己这句没来由的请求做了解释，“我哥哥也在那里。”

“好。”

江一桐的印象中，方越的确有两个儿子，按照年龄来算，方文博的哥哥应该已经工作了，之前一直没有见到，她以为是和自己一样，去了别的城市。

爷爷看到江一桐回来，无计可施地指着房檐下的灯泡：“好像是坏了，怎么按都亮不起来。”

“我来看看。”江一桐从屋里搬出一把凳子，慢慢扭下灯泡，钨丝完好无损，应该是开关的问题。

“看来得叫小牧来看看了。”爷爷回屋里拨通电话。

二十分钟后，灯泡完好如初地亮了。看着外面收拾工具的男人，江一桐认出他是之前站在书柜前，久久选不出一本书的人。

“多谢了，留下一起吃饭吧？”江一桐邀请，她想爷爷打电话时随意的口吻，应该是家里很亲近的邻居。

“不用了。”

“别客气，很快就可以开饭了。”

“小牧，你回去吧。”爷爷拎着一个袋子走出来，“还是按照我教你的办法煎药，吃完了再来拿。”

男人沉默地点点头，拎着袋子离开了。

晚饭是青菜粥，还有一条清蒸海鱼。爷爷在粥里加了中药，江一桐每吃一口，胃里就被焦煳味充斥着。

“难吃。”弟弟率先撇嘴。

“对你们身体有好处，等下临睡前，再喝一碗我煮好的汤。”爷爷不为所动。

“不喝。”

弟弟放下碗，抱起一本书，头也不回地跑上了二楼。

“你才回来了几天，他就无法无天了。”爷爷总爱把责任推到别人的头上。

爸爸和弟弟的妈妈并没有结婚，在妈妈去世后，他们在同一个屋檐下过起了同居生活。那个女人没有工作，每天黄昏的时候，她抱着弟弟在巷子外的树荫下，看人下象棋。

爸爸那些日子，不再跑长途运输，做起了小生意，他没有什么经商的头脑，辛苦存下的一点积蓄都赔了进去。

爷爷将这一切都怪到了那个女人的头上，明明是爸爸不会做生意，和别人有什么关系呢？虽然心里是这样想，但江一桐那时将妈妈的死都归咎在了那个女人的身上，她和爷爷一样亟须为家庭的骤然变故找到一个发泄点。

有时，江一桐会想，如果弟弟是一个智力正常的孩子，当他长到足够大的时候，是否也会为了他的妈妈所遭受过的不公平，而对自己和爷爷进行反击呢？

幸好的是，弟弟永远也不会明白，发生在他和他妈妈身上的事情，对他的人生究竟意味着什么。

不幸的是，随着时间的流逝，江一桐终于能客观地看待所有人的命运时，她已经亲手毁掉了自己的生活。

爷爷还在为弟弟的不听话而生气，江一桐将饭桌收拾干净，找话题想要转移他的注意力。

“那个小牧是谁啊？好像不太爱说话。”

“去年才搬来这附近住的，白天在咖啡店上班，夜里有时候会来我们这里看书，性格是挺内向的。”

“你为什么要给他药？”

“他女儿身体不好，又固执地不肯去医院，我就隔几天准备点草药，让他拿回家给他女儿煎服。”

爷爷从医院退休之后，还是沉迷于中医领域的不断开拓和进展。他对中医有着执拗的信仰，当初，江一桐没有学中医，他很是恼火了一阵子。

“你又给别人乱开药，吃坏了怎么办？”

江一桐的话彻底点燃了爷爷的负面情绪，他提高嗓门斥责江一桐对他的怀疑是毫无根据的。

“你和你妈妈一样，总是这么自以为是——”爷爷的激愤爆发得毫无道理，江一桐一言不发地走出屋子，在巷子里，和方文博迎面遇上。

“你也被骂出来了？”

“没有，我饭后出来散散步。”

“别装了，我都听见了。”方文博将手里的绿色网球用力一扔，“我也是被我爸骂出来的，大人总是这么不可理喻。”

黑色小狗很快叼着球跑了回来，瞪着圆溜溜的眼睛，期盼地望着江一桐。在方文博的眼神鼓励下，江一桐将球抛到远一点的地方，小狗速度很快地蹿了出去。

“听你这样说很奇怪，和你比起来，我也算是个大人吧。”

“在我爸爸眼里，还有你爷爷眼里，我们永远都是孩子，只要他们活着一天，我们就长不大，就得听他们的。这是我宝贵的人生经验，和你分享。”

不得不承认，方文博的人生经验有可取之处，江一桐想起上大学的时候，妈妈每次打起电话来都不肯收线。

“妈，别担心了，我又不是小孩子了。”

那时候，江一桐还未体会过失败的人生和亲人的离去，在她的世界里，到处是温暖的阳光和明媚的季节。

“在我眼里，你永远都是小孩子。”

妈妈这句听起来像是娇嗔的话语，现在回想起来充满了思念的心酸。

“肉松，别吃垃圾。”方文博把钻在垃圾箱后面的小狗抱了起来。他指着垃圾箱里，“我们就是在这儿发现它的。”

“你们？”

“我和我哥哥。”方文博双手比画着，“不知道谁把它扔到了里面，当时，它眼睛都还没睁开，特别小一只，哥哥和我把它抱回家，费了好大劲才救活。”

方文博兴致勃勃，充满乐趣地说起他和他哥哥的事情：“我哥哥是一个特别有趣的人，如果你见过他就会知道——”他这样评价道。

“我见过他。”

江一桐虽然和方越关系很亲近，但是对他的两个儿子了解不多。印象深刻的是总有两个小小的身影，尖叫着在巷子里横冲直撞。

方越会追出去，一手一个拎着他们的耳朵，父子三人大声吵吵闹闹，方越的妻子会和围过来的邻居开玩笑：“你们谁要，赶紧抱走。”

在楼上看书的江一桐会用力塞住自己的耳朵，暗暗下决心，将来自己一定要生个乖巧、听话的女孩。

那时候，江一桐还是渴望拥有孩子的，她甚至为何时何地生孩子，做过一份详尽的计划表。

只是后来，那份计划表一推再推，一改再改，最终彻底作废。

已经不太分得清楚，那两个小小的身影中，哪一个是方文博。江一桐看着方文博的脸，认真回忆他小时候的样子。

“我和我哥哥长得一点也不像，是不是？大家都这么说。”

方文博误会了江一桐的意思，他把小狗的脖子抬起来，江一桐看到拴在链子上的一个圆形相框被打开。

相框里塞着一张男孩的大头照，明眸皓齿的灿烂笑容，和江一桐在方越手机上看到的是同一个人。

“很帅，”江一桐接着说，“你也很帅。”

“我知道。”

方文博脸上露出男孩调皮的坏笑。

“可是，我哥哥还是最帅的，你知道为什么吗？”

江一桐配合地摇了摇头，方文博将头埋在小狗的脖子上：“因为我还会继续长大，变老，皱纹会比我爸爸的还多，我哥哥不会变，他永远是这个样子。”

今天真是奇特，无论和谁聊天，话题都以死去的人为轴心转个不停。江一桐伸出的手停在半空中，最终没有落在方文博的头上。

她还是不能假装若无其事地去安慰人，在令人窒息的沉默中，深夜安然来临。

“在这儿站着干什么？”方越看到站在一起的江一桐和方文博，不解地问。

“没什么。”方文博低头走进便利店里。

“和儿子吵架了？”

对于江一桐的戏谑，方越露出傻傻的笑容。他和江一桐并肩走进书店，在江一桐反身出去，按亮书店门口那盏灯时，他已经自如地钻进了自己的睡袋里，手里拿了一本康德的《纯粹理性批判》看起来。

“看得懂吗？”江一桐知道方越的知识储备有多少。

“有用就行。”

“什么用？”

“助眠啊。”方越又傻傻地笑起来，“他刚才都和你说什么了？”

“谁呀？”江一桐明知故问。

“是不是说我坏话了？”

“自己问去。”江一桐不肯“告密”。

“这孩子跟他哥哥一点都不像。”带着薄雾一样的愁绪，方越在哲学巨著的催眠下很快睡着。

江一桐隐约感觉到，死去的人并不像许多书上写的那样彻底消失在了这个世界上，身体的消亡不代表什么，死亡本身就是一种纪念，任何力图忘掉它的人都会陷入一种徒劳的博弈中去，方家父子就是最好的实证。

在一个早已逝去的日子里，死亡带走了他们最爱的亲人，也同时俘获了他们生活中的开心和快乐。

5 灰色纪元

去见林晗之前，江一桐决定先去病房探望爸爸。在肿瘤科的玻璃门外，爸爸病房里的那个年轻人，正拽着罗嘉的袖子不肯放手。

“43床，我已经跟你说过很多遍了，你现在的情况，不适宜转院，那样对你的身体是进一步的损害。”

罗嘉轻声轻语地解释，年轻人只是拼命地重复自己口中的话。

“我不想死，我不想死——”

两名护士一左一右地把年轻人搀走，她们的语气比起罗嘉来，凌厉了许多。

“你再这样胡闹下去，死得会更快。”

“你得听话才能好起来。”

像是被唬住了，年轻人不再发出声音，而是顺从地被护士带进病房。看着他顽强的表情，江一桐同情起来。

“还好我有先见之明，放弃了医生这个职业，不然我一定崩溃了。他不过是想努力活下去罢了。”

一个清洁工推着清洁车走来，罗嘉把江一桐拉近自己一些，好让清洁车可以顺利从旁通过。

“首先，是医生这个职业放弃了你，不是你放弃了这个职业，不要给自己戴高帽子。”因为距离有些近，罗嘉的下巴抵在了江一桐的额头上。

“其次，努力并不能带来人们想要的全部结果，你一定还没有真正理解人生到底是怎么一回事。”

“我看，你不当医生，当老师也是不错的选择。”

江一桐笑着，后退了几步，她不想和罗嘉以这样暧昧的姿势继续聊天，否则会引起那些小护士不必要的嫉妒和猜测。

“当医生，还是做老师，我的选择，从来——”罗嘉的眼睛闪烁着令人不安的光芒，江一桐在心里祈祷“拜托，千万别再说下去了”，但很显然，她的祈祷没有起作用，罗嘉的话准确无误地砸进了她的耳朵里，“都是在于你。”

十三岁那年的秋天，妈妈带着江一桐去初中报到，入学的第一天，校园里到处都是人。江一桐端坐在课桌前，小心谨慎地观望着新环境。

班主任是一个脸形很像肉丸的和蔼女人，姓徐。妈妈和她站在讲台上说话时，一个足球从外面飞了进来，准确无误地弹到了江一桐的脑门上，又以一个极大的弧度，砸上了教室的玻璃窗。

哭泣的江一桐和一地的玻璃碴成为众目睽睽下的证据，闯祸的罗嘉分别对江一桐和徐老师鞠了个躬。

“我错了，我的脚也错了，我替我的脚向你们道歉。”

“这孩子说话真有意思。”放学时，妈妈提起罗嘉，还是一副忍俊不禁的表情。

江一桐顶着额头上肿痛的大包，眨着哭得红肿的双眼在心里发誓，自己永远也不会和罗嘉说话。

小孩子的永远大概只有二十四小时，第二天，罗嘉从书包里掏出了好看的连环画，还有爷爷禁止她吃的零食时，江一桐就缴械投降了。

罗嘉喜欢江一桐，是尽人皆知的事情。高考结束，收到通知书的那天，当了他们六年班主任的徐老师也心情大好地开起了玩笑。

“终于可以双宿双飞了。”

离开学校，回家的路上，江一桐不满地抗议：“你为什么要报和我一样的志愿？”

“哎？”

罗嘉涨红着脸，他们并排骑着单车，隔得很近。江一桐能听到他不稳定的呼吸声，还有加速的心跳。

“当然是喜欢你，才想要和你去同一所大学了。”

妈妈指点江一桐，她对江一桐和罗嘉的关系抱有良好的瞻望，和其他女同学的妈妈不同，她从来不会视女儿的男同学为洪水猛兽。

“可是我们读同一所中学，又读同一所大学，待在一起的时间也太长了吧。”江一桐掰着手指头，觉得自己短暂的人生中，已经分给罗嘉一半了。

上大学后，为了尽快从这段冗长的关系中抽身，江一桐草率地接受了一个学长的追求，对爱情没有丝毫经验的她，开始每天和学长手牵手去上自习，吃饭。

也是从那时候起，江一桐的舍友林晗开始追求罗嘉，央求江一桐帮忙。

“我真的特别特别喜欢罗嘉。”

“林晗真的特别特别喜欢你。”

在男生宿舍楼下，江一桐把林晗的话转达给罗嘉。她有些心虚地低着头，不敢看罗嘉的眼睛。

“你可以先试试嘛，不喜欢再说。”江一桐试图劝说罗嘉。

“那你为什么不能和我先试试？”

罗嘉抓紧江一桐的肩膀，用力摇晃，江一桐的耳畔传来小鸟用力振动翅膀的声音，还有罗嘉重复的问话，“你为什么——为什么——”

之后的几个月时间里，江一桐无法确定自己和罗嘉的关系，她和学长因为一点小事分了手，单身生活持续不过半年，学长又回头来找她，他们很快复合。在这期间，罗嘉的消息多是从林晗口中传出的。

就在江一桐几乎以为罗嘉从此再也不会出现在她面前时，林晗突然跑来告诉她，罗嘉答应和她在一起了。林晗误以为是江一桐的帮忙起了作用，不论江一桐如何推辞，还是被林晗拉到了校门口的小饭馆。

看到坐在对面的罗嘉被林晗挽着，江一桐在心中不断默默念：老天保佑，千万不要让罗嘉当着林晗的面对自己胡说八道。

那顿饭吃得很顺利，之后，林晗和朋友约好了去逛街，她和罗嘉在路口吻别。罗嘉象征性地碰了碰林晗的嘴唇，江一桐觉得他看着林晗的眼神里没有温度。

“你不能这样对林晗。”

在林晗走远后，江一桐提醒罗嘉。

“不是你说的我可以试试吗？”

“话虽然这样讲，但是——”

被将了一军，江一桐无法反驳，她就这样看着林晗和罗嘉含混地确立了恋爱关系。

毕业时，江一桐按照男友为她规划好的方向，留在了当地的医院，他们计划过几年出国，走得更远一些。

“我还以为你会回来和我称霸妇产科呢。”妈妈得知了江一桐的安排，虽然有些难过，但并未阻拦。

“得了吧，我可不想每天当接生婆。”

“注意措辞，是迎接新生命，多神圣。”

妈妈语气活泼，江一桐不能想象那个时候的她，已经开始整夜失眠，大把大把地掉头发了。

“好吧，我还是想做一些更有挑战性的工作，你会支持我的，对吧？”

“当然了，我永远支持你。对了，我在医院看到罗嘉了，就是那个以前总在巷子口等你的男生，他变得好帅呀。”

妈妈疑惑地向江一桐打听。

“有个漂亮的女医生总跟在他身后，大家都说那是他女朋友，你知道吗？”

“对，她是我的好朋友，叫林晗。”

罗嘉决定回到家乡的医院工作后，林晗也放弃了更好的机会，跟随罗嘉一起回去了，江一桐觉得班主任徐老师当年说的“双宿双飞”应该用在他们身上更合适。

“哦。”

江一桐能够想出妈妈脸上遗憾又惋惜的神情，她决定结束这一次谈话。

“没什么事的话，我就——”

“你要和女儿说点什么吗？”

妈妈扯着嗓子在喊，好半天没有听到回应。

“你爸爸在忙，那就先这样吧。”

“好吧。”

爸爸在电话中没有对江一桐的事情发表任何意见，在江一桐离开家，外出读大学之后，关于她的任何事情，爸爸都没有做出过什么具体的参与。

在和男友分手后很长一段时间，江一桐渐渐想明白了，她对男友的依赖和言听计从，是出于她内心对安全感的渴求。

她将自己交给男友，然后牢牢握住男友的手，这让她十分放心。就像小时候，爸爸牵着她的手走在熙熙攘攘的公园里，不论四周的环境如何变化，她都感到安全。

当男友提出分手时，江一桐哭了，她刚失去了妈妈，又要失去自己的爱情。

“你为什么不能迁就我一次，为什么不能等等我，为什么每一次都是我听你的？”

“听我说，”男友帮助江一桐确认，“你需要的只是一个可以安排你生活的人，这个人可以是我，也可以是别人。”

“不是的。”江一桐哭得更厉害，因为她隐隐肯定了男友的话，在心里觉得十分歉疚和不知所措。

在二十五岁的那一年，江一桐缓慢地长大。她选择了一份离家很近、走路就可以上班的工作，非常枯燥，但很适合那时候的她。

罗嘉不止一次来找她，希望她可以去医院上班，但是，江一桐死活也不肯答应。她不愿意开始新的生活，她固执地认为妈妈的死亡，还有自己不值一提的爱情如此迅疾地消亡，全是这个家造成的。

总要有人付出代价的。那个时候，江一桐每天看着老迈的爷爷、颓废的爸爸、懵懂的弟弟还有那个女人，心里在认真挑选着、掂量着谁是罪魁祸首。

“给你十分钟，和你爸爸聊一会儿，就赶紧去找林晗。”罗嘉用指尖敲了敲手腕上的蓝色表盘。

“二十分钟吧。”习惯性地讨价还价。

“十五分钟。”

江一桐妥协地走进病房，爸爸正出神地看着窗外摆动在风中的树叶，有几片叶子从树枝上飘下，在空中盘旋落下。

“来了。”爸爸收回目光。

“医生有没有说什么？”

江一桐坐到床边，从买来的水果中挑拣出一个红色的苹果，笨拙地拿着水果刀一圈又一圈地把皮削下来。

“翻来覆去就是那些话，我都懒得听了。”

“你配合一些，你这种情况，医生能做的已经很有限了。”不自觉地，江一桐把爷爷的口头禅说了出来。

爸爸重新把头扭到窗户那边，病房里只能听到苹果皮掉落在地上的声音。

“还是我来吧，别削到手。”爸爸接过苹果和水果刀，他突然流露出的温情，不但令江一桐不适，连他自己也感到了拘谨。

和爸爸待在一起的大部分时间，他都是表情阴沉，眼底永远含着秋意，如同一场落不完的冷雨。

上学时，每次老师布置作文，要求写的题目是“我的爸爸”时，江一桐就会咬着笔杆发愁。有一次，她写完了作文就跑出去玩儿，回家的时候，看到爸爸站在书桌旁，手里拿着她没来得及合上的作文本。

然后在吃晚饭时，爸爸将一整条鸡腿夹起，放到了江一桐的碗里。看着妈妈鼓励的笑容，江一桐大大地咬了一口。

第二天一早，江一桐准备去上学时，发现骑在自行车上的是爸爸。“今天让爸爸去送你，好吗？”妈妈系着围裙，站在门口说道。

那条从家里到学校的路，短短几百米的距离，江一桐的脚被卷进了自行车的后轮里。现在江一桐的脚上还能看到一条淡淡的、如同蜈蚣的疤痕。

“别怪你爸爸，他也是不小心的。你不知道，他看到你在作文里写他就像是个陌生人时，心里很难过。他想为你做点什么。”妈妈心疼地看着江一桐脚上的伤，但江一桐觉得她更加心疼的是爸爸。

不论爸爸做了什么，妈妈都不会反对。不论爸爸做错了什么，妈妈都会不由分说地袒护。当然，拥有爱情是一件好事情，这可以让人变得更加温柔，变得更好。不过，妈妈没有意识到她其实在多年的婚姻生活中一直在犯一个错误，她假装看不到爸爸对她根本没有爱情，她一厢情愿地认为爱情是只要努力就可以获得的东西，所以，最终，她为这个错误付出了致命的代价。

“43，你吃吗？”爸爸把削好的苹果递给隔壁床的年轻人。

年轻人一点食欲都没有：“谢谢，44，放桌上吧。”

这种代号的称呼，让江一桐忍不住想起电视剧里那些被关押的犯人，他们也是这样彼此称呼，摈弃了名字，摈弃了过往。

在这间充满消毒水味道的白色病房里，爸爸就像囚徒一样被困在这里，他胳膊上缠着的细细的腕带，时刻提醒他被囚禁在与死亡一墙之隔的牢笼中。

在林晗的办公室里，江一桐接到了弟弟打来的电话，问她什么时候回家。

“我天黑前就回去。”江一桐保证。

几分钟后，爷爷的电话又拨了进来，他说家里的冰箱空了，让江一桐回来的路上买点菜，还问了她探望爸爸的情况。

“被人牵挂的感觉不错吧？”林晗的心情看起来还不错，头发应该是周末新做的，露耳的短发，很适合她。

“有点不习惯。”

江一桐将自己之前的验血单拿出来，林晗看了看，和她确认：“真的不要了？考虑清楚了？”

“不要。”

“因为孩子的父亲？”

“不，是因为我自己，我抽烟，嗜酒，没有固定工作，没有伴侣，总之，我已经决定打掉这个孩子了。”

江一桐可以做到独自承担人生，但她无法负担一个孩子，她认为在生孩子这项风险系数极高的投资中，自己完全没有盈利的机会，更有可能会一无所有。

“好吧，手术之前，你还要做几项检查，我给你开单子。”林晗一边点击鼠标，一边例行询问，“之前生过孩子吗？”

“没有。”

“是否怀过孕？”

“怀过。”

“几次？”

“三次。”

林晗抬起头，她安静的脸庞就像冬天结了冰的湖水，涟漪在湖面下荡漾。她接着问：“都是怎么处理的？”

“人流手术。”

“还做过其他手术吗？”

“第二次是宫外孕，切除过左侧输卵管。”

林晗终于不再掩饰她的惊讶，叫了起来：“我的天，这些年你到底在干些什么？”

“我也不知道。”

江一桐忍不住笑起来，但她又发现这个时候不适合露出笑容，于是，她将头低下，看着自己的脚尖。过去的十年，于她而言，是骚动而又疯狂的，她得到了许多，也因此透支了许多，就像一张额度很大的信用卡，她奋力挥霍，收到账单时才发现，自己无力偿还。

做完了一系列林晗安排的检查，江一桐走出医院。

在医院门口的喷泉池边，江一桐看到了爸爸病房里的那个年轻人。他艰难地抬起胳膊，想要拦停一辆出租车。

“你怎么出院了？”江一桐上前。

“是你，”年轻人认出了她，“我有点事，和医生请了半天假。”

“你现在的情况，医生怎么可能同意你离开医院？”

江一桐扶住他的胳膊,生怕随时刮来的一阵微风就会把他吹倒。

“我偷偷溜出来的，但是我真的有事。”

年轻人只得实话奉告，他的前女友今天举行婚礼，他想要赶去现场，这才瞒着医生和护士从病房跑了出来。

“你这样太冒险了。”

江一桐不知道该怎么办，她完全可以装作视而不见地离开，但内心有个声音在提醒她，贸然地放任不管会让她后悔的。

“只要两个小时，不，一个半小时就好。”

年轻人的哀求让江一桐心软，在她陪着年轻人一起走进那家布置得喜庆、热闹的酒店大堂时，她还在数落自己怎么会做出这么离谱的事情。

新娘和新郎正在蓝色灯光的环绕下交换戒指，宾客纷纷举着手机拍照，记录这个永恒的时刻。没有人注意到门口站着一个头发凌乱的女人和一个热泪盈眶的男人。

“你要和新娘说点什么吗？”

新郎被人围着喝酒，新娘和自己的朋友坐在一旁说话，江一桐觉得年轻人这个时候上前，不会显得太突兀。

“不。”他摇头，“这就够了，够了。”

新娘小巧、可爱，粉底打得有些多，让她看起来像橱窗里精致的瓷娃娃。她用纸巾擦掉自己的口红，大口吃着桌上的佳肴，看得出来，她有些饿坏了。新娘始终面带微笑，随时对在场的每一个人都露出得体而幸福的笑容，当新娘的目光扫过江一桐时，并没有做丝毫的停留。

年轻人已经拉开了喜宴大厅的门，他孱弱的背影在嘈杂的人声中若有若无，他穿着蓝色的衬衫，黑色的长裤，在出租车上的时候，江一桐看到他对着后视镜照了又照。他大约是精心挑选的装扮，但是却无人留意到。

在回医院的路上，年轻人一言不发，路过前海路上的一家果茶店时，年轻人请求江一桐帮他买一杯百香果蜜茶。

看到年轻人回到病房，爸爸从床上一跃而起，兴致勃勃地打招呼：“怎么样了？43，见到了吗？刚才护士进来问你去哪儿了，我说你去楼下的病房看一个朋友，等下你可千万别说漏了。”

看到紧随其后走进来的江一桐，爸爸待在原处，像一台熄了火的机器。

“你怎么能这么做？太儿戏了，万一他在外面出点什么事情，你怎么和他的家人交代？”江一桐低声和爸爸讲道理。

年轻人一回来就躺下，头蒙在被子里，但是江一桐知道他没有睡着。

“他是孤儿，没有家人。”

听到这样的强词夺理，江一桐气到词穷。

“你到底有没有听懂我的话，你没有权利瞒着医生，协助一个身患重病的人离开医院，你这样做对他的生命很不负责任。”

爸爸不服输地板着脸，嘴上一时之间说不出更能占据上风的道理，像个赌气的小孩子一样满脸通红。

“探视时间快到了，明天再来吧。”

罗嘉的突然出现，无异于一根救命稻草，让爸爸及时脱离了尴尬的泥沼，在江一桐走出病房时，她甚至看到爸爸对罗嘉投来感激的目光。

本以为罗嘉会站到自己这一边，没想到他听完整件事之后，反倒觉得爸爸没有做错什么事情。

“对于43床来说，目前他保持一个好心情最重要，能够趁着还可以自如行动去做自己想做的事情，对他来说，应该比留在病床上倒数余下的日子更有意义吧。”

“他的心情我当然可以理解，我只是觉得我爸爸怎么像个小孩子一样不懂事，明明是自己做错了，还不肯承认。”

“只是你认为他做错了，在他看来，自己做的是一件正确无比的事情。”

罗嘉的手机响了，他被叫去开会，走了几步后，他又折回问江一桐的手术约在了哪天进行。

“林晗说这周五可以。”

“那你还有几天的时间可以考虑。”

我已经考虑得很清楚了。江一桐心里第无数次响起这样的声音，她觉得自己眼下要做的只有一件事，那就是和爸爸一起走到他生命的尽头。

夜里，书店里来了两个客人，那个叫小牧的男人，还有一个戴着宽大帽檐、捂着口罩的小女孩。

“婷婷，想看什么书，爸爸帮你拿。”

小牧指着堆放在墙角的童话书，那是傍晚的时候，江一桐从自己卧室的壁柜里找出来的，全是她小时候看过的。

“你的东西，你爸爸都放在箱子里了，除了书，还有玩具、衣服，都在那个壁柜里。”爷爷看到江一桐把这些书搬下来时说。

“留这些做什么，还嫌房间不够挤吗？”

“是啊，我也这样说过他。”

爷爷随手拿起一本《格林童话》，翻开扉页，上面留有娟秀的字迹："愿你慢慢长大，我勇敢的女儿。"

是妈妈写的，那是江一桐九岁生日时，妈妈送她的礼物。江一桐轻轻抚摸深蓝色的字迹，清楚而简练的轮廓，感觉它们像被时光风化的壁画。

"你要扔掉吗？"爷爷问。

"先放着吧。"江一桐一时也拿不定主意，也许可以留在书店里，给客人们看，她心里这样想着。

"看这本好吗？"

小牧把那本《格林童话》拿到小女孩面前。他蹲在小女孩面前，用害怕打扰到任何人的声音说道："爸爸给你读，想听吗？"

小女孩翻开封面，细细的手指摩挲着妈妈留下的那句话，清澈的眼睛里，有安静的水波在流动。

伴随着男人讲故事的低沉声音，江一桐的手不由得抚摸着自己平坦的小腹，她第一个孩子如果长大，也和这个小女孩差不多的年纪，而她，也会在这样安静的夜晚，为她的孩子耐心地讲一个童话故事吗？

"这本书多少钱？"

小牧抱着已经熟睡的小女孩，轻声问道。

"什么？"

"多少钱，我买了。"

小牧把手里的《格林童话》晃了晃，他想为他的女儿买下这本书。

江一桐迟疑地接过那本书："我不知道——我是说，这是一本旧书，只是放在这里——你为什么不去买一本新的？"

"不卖吗？"

小牧虽然不解，但也没再多问，他抱着怀里的女儿，推开书店的门。

站在房檐下，小女孩头上的帽子被一阵风刮到了地上。小牧慌忙地、下意识地用手挡住女儿的头。

九月末的风，带来了冬天的讯息。在夜深人静的时刻，将这讯息悄然散播在城市的角角落落里。当人们惊觉季节陡然更迭时，完全意识不到是什么送来了空气里清冷的气息。

女孩的头上遍布着乌黑色的血痂，稀疏的几簇头发，就像是荒漠上生长的灌木，江一桐只看了一眼，就赶紧低下头，假装上一秒钟，自己什么也没有见到。

小牧捡起帽子，重新戴在女孩的头上，那个可爱的女孩又重新出现在了江一桐的面前。小牧不知道江一桐看到了帽子掩藏下的真相，他离开前，对江一桐礼貌地道了声再见，然后从风中穿行而过，他的女儿在他怀里安睡，对周遭的一切毫无察觉。

在这座城市的深夜，有多少人是这样掩耳盗铃地生活着。自以为将人生的不幸装进小丑的彩色口袋里，生活的磨难就真的偃旗息鼓了。

江一桐拿起那本《格林童话》，匆匆地追了出去，她站在巷子的入口，看着前面的三条岔路，不知道小牧和女儿走到了哪一条路上。

“小牧。”她尝试着叫了一声，回应她的只有夜的安静，静得就像一个大大的嘲弄。

转身准备回到书店，在黑黢黢的巷子里，江一桐看到书店门前亮着的那片橘黄色的灯光。她开始有一点懂得爸爸开这间书店的意图了，每个人都在求生，有的人赶在天黑之前，早早地找到了温暖的停留之地，而有的人，白昼的喧嚣被遮蔽在黑暗的大幕之后，他们还在深夜踽踽独行。

对于他们来说，那盏零星的灯，会让他们熬过夜的利刃。

6　温顺的夜晚

江一桐在网上订购的架子很快运到，方越带着工具帮忙安装。敲敲打打的声音，让在房间里休息的爷爷不胜其烦。

“怎么又买书架？”爷爷从一楼角落里的房间走出来。

“不是书架，是置物柜。”

方越已经汗流浃背，他用锤子敲打着架子，想看看还有哪里的螺丝没有拧紧，以确保自己的这个忙帮到了位。

“这个放这儿，对，那个在那儿——”

江一桐指挥弟弟把东西放到架子上，她以前看过的书，读过的杂志，还有一些零碎或者完整的小摆件，都被一一陈列在了架子上。

“摆那里更好看。”

弟弟很高兴做这些事情，他积极地出建议。江一桐觉得按照弟弟说的，似乎真的让架子上的东西看起来更加错落有致了。

“一安真厉害，他的审美挺高啊，将来能当艺术家。”

方越看着江一桐，从他的眼神中，江一桐看不出一丝虚伪，他是真诚地在夸赞。

在弟弟刚被查出有病时，为了给弟弟治病，爸爸带着他去了许多城市，找了很多医生。他固执地认为在这个世界的某一处角落，藏着打开弟弟大脑智力的钥匙。可是命运不讲道理，所有人只能切肤感受它抛出的一切。

现在，江一桐看着弟弟沉浸在自己的世界里，她想爸爸一直都错了，他竭力试图将弟弟归入他所能接受和认知的人群范围中，他从来都是把弟弟当作一个异类看待，尽管他非常爱这个异类。

江一桐想自己也错了，她憎恶弟弟，因为他的母亲破坏了自己的家庭，同时，她又怜悯弟弟，因为他是一个永远也无法和人正常沟通的孩子。在江一桐看来，她的这种想法天经地义，无可反驳。时至今日，她有所醒悟，命运这条蜿蜒的河流上，有人在这侧，有人在那侧，许多事情，许多人，从一开始发生，就注定了在命运之河里流淌的方向，人们无法去强求什么。

“我还以为你会统统扔掉。”

爷爷意味深长地看着一整个架子上的东西，全是之前被江一桐的爸爸收进纸箱里的小玩意儿。

“那多浪费，这些年在外面，我还是很明白生活不易，节约为美的。”

江一桐今天的心情不错，很难得地和爷爷开起了玩笑。她想下一次当小牧带着女儿来的时候，那个眼神无辜的小女孩能够有更多的选择。

温吞吞的风从门口吹进来，空气中的阳光徐徐落在所有人的肩上。有时候觉得时光真美啊，让人心生幻想，觉得一切都能从头再来。

那个女孩，偶尔也会这样想吗？心里带着这样简单的期待，江一桐觉得身体下面有阵阵暖流通过。

“姐姐——”

“姐姐——”

“姐姐——”

“……”

在弟弟的喊声中，江一桐失去意识，又恢复意识，于她而言，似乎只是一瞬间的事情而已。

“我怎么了？”

“你生病了，要打针才能好。”弟弟趴在白色的病床前，指着江一桐手背上插着的针头说。

“我不是在书店里吗？”江一桐使劲回忆。

林晗走进病房：“我真是太佩服你了，就算你打定主意不要这个孩子，也没必要用这种玉石俱焚、一尸两命的办法吧——”

方越，还有爷爷坐在病房门外的长椅上，江一桐没想到林晗说话会这样没遮没拦的，她干咳了几声。

“别掩饰了，你在家里晕倒，被送到医院时，急诊的大夫已经告诉了家属你怀孕的事情，你放心，孩子还在。”

“怎么会好端端晕倒，我这几天也没干什么——”

“还没干什么，我听你爷爷说，你每天搬着几十斤的箱子爬高上低的，就差把房子拆了，你还想干什么呀？”

林晗说江一桐之所以昏倒，是因为接连做了过于繁重的家务，身体一下子没能负荷，幸好对胎儿没有造成什么影响。

爷爷铁青着脸，端坐着一动不动，脚上还穿着家里的拖鞋。江一桐知道自己这下没法子再糊弄过去了。

晚上，江一桐留在医院继续观察，晚饭时间，她去了爸爸的病房。

白天的时候一片混乱，直到爷爷和弟弟被方越带回家，江一桐才想起担心，她不知道爷爷有没有跑去看爸爸。如果被爷爷发现爸爸在肿瘤科的病房，之前她说的那些谎就全都不作数了。

“应该没有吧，我们把你送来医院的时候，你爸爸正巧给你爷爷打了个电话，说自己在医院挺好的，让你爷爷别惦记。”

江一桐给方越打电话询问，方越回忆道。

“爷爷没有说要去看他吗？”

“没有啊，你爷爷的脾气，你又不是不知道，心里再怎么惦记，表面上也不肯流露出来的。”

“爷爷有没有和爸爸说我的事？”

“没有，他就嗯了两声，就挂了。你放心吧，他们都有分寸。”

方越的话没错，在这个家里的人，除了弟弟，每个都是掩饰内心真实情绪的高手，江一桐叹息。

爸爸盘腿坐在床边，捧着一碗粥慢慢地咀嚼，看到江一桐，他垂下一条腿，吞咽下嘴里的食物。

“有件事，我想听听你的意见。”

江一桐忽然有些不知道该怎么办了，肚子里那个顽强的小生命，真的应该被自己无情地取出吗？

也许是今天这个突发的状况，点燃了江一桐压抑许久的母性，也许是林晗不经意间对她说的那句话令她动摇：“对你来说，它只是一个还未成形的胚胎，对它来说，你是一切命运的开始。”

“怎么？是不是你弟弟——”

“不是弟弟，是我。”

虽然爸爸一张口就是提及弟弟的样子，令江一桐很想把放在嘴边的话重新咽回去，但她最终还是不得不说出来，因为她很想知道，这个在她生命的重要节点上，从未参与过的男人会如何对待这件事情。

“你？”

“我怀孕了，孩子的爸爸不能和我结婚，”江一桐留意了爸爸的表情，她接着说，“我之前想打掉这个孩子，可是现在又有点拿不定主意。”

“你是在征求我的意见？”

“算是吧。”江一桐扭头看了一眼身后，43床的年轻人侧身沉睡，那杯百香果蜜茶还原封不动地放在他的床头。

“你自己是怎么打算的？”

“我想打掉这个孩子，因为我没办法给这个孩子一个稳定的生活。不过，现在我又有些反悔——我来问你，是想让你给我一个建议，不是让你来盘问我的。”

江一桐说着说着，控制不住地埋怨起来。她觉得有些羞愤，又有些凄凉，她果然不该对爸爸抱有什么期待，他还是那样乏味，对自己毫不关心的男人。

“按理说应该留下，不过这还要你自己决定。”

爸爸下意识地摆弄着手边的温度计，他脸红了，大概是在为江一桐出给自己的这个难题犯愁。

无效的交流，江一桐走出病房时，觉得胸口很闷，她走到走廊的窗口，将窗户开大，让风灌进来。

“别生你爸爸的气，他只是不想让你的人生受他决定的影响。”

身后响起脚步声，43床的年轻人不知道什么时候走了过来，他似乎更瘦了一些，头上的帽子几乎遮住了眼睛。

“他和你说的？”

“不，他在你走之后，打了一个电话，我听到的。电话里的人似乎希望你生下孩子，但是你爸爸叮嘱，明天你回家后，不要对你施加任何的压力，让你自己决定。你看，你爸爸是爱你的，他只是不知道怎么告诉你。”

年轻人说的电话中的人应该是爷爷，他总是认为不论人生发生什么都是自有道理的，不要回避，而是应当不断从中汲取教训。

“谢谢你和我说这些。”

“你很幸运，有家人，还有自己的孩子，不像我，除了脑子里的肿瘤，什么都没有。”年轻人的话听起来没有太多的情绪。

“别这么说。”

“别误会，我不是在诉苦，好久没和人这样说话了，能和你说话，我挺高兴的。”年轻人不知道在思考什么，他的嘴角挂着一丝笑意。

“你愿意和我说，我也很高兴。”

江一桐靠着窗口，让年轻人坐在挨着墙壁的长椅上，她知道年轻人此刻有倾诉的欲望，她不能也无法阻止。

年轻人二十七岁，是在福利院长大的，关于父母的消息，他毫无所知。这并没有让他背负什么压力，他十分坚强，而且自律，从不在任何人面前示弱，他认为自己在不幸中能够成为幸存者，生活势必会厚待他。但是两年前的一次体检，让他对生活一直抱有的期冀，化为泡影。医生说他脑子里的肿瘤随时会要了他的命，他必须坚持长期而又毫无希望的治疗。

金钱和时间都消耗在了疾病上，年轻人看过诊断书之后，就坚决地和女友分手，他换掉了所有的联系方式，然后一声不吭地为自己办好了住院手续，这是他当时能够想到的唯一可以为女友做的事情。

病情反反复复，年轻人脑里的肿瘤不可遏制地在长大。在换过几家医院之后，他得到的大夫结论还是一样的，他们告知他无计可施，奉劝他安心静养就好了。他不肯认输，还是想要不断去寻找生存的希望，直到他参加了女友的那场婚礼，才决定就将这家医院当作自己最后的终点。

“别这样看着我，我不是绝望，只是突然觉得自己还有很多想做的事情没有完成，不想将所有时间都浪费在这里。”

年轻人轻轻拍拍脑袋，他说这些话的时候，脸上依然带着微笑，江一桐似乎听到那笑容在说：“没关系的，一切都快过去了。”

无论从何种意义上来说，好的，坏的，都是人生的底色。

在这个夏天迟迟不肯离去的季节，江一桐做了几个决定，很多事情虽然还让她疑虑，但她决定不再止步不前，虽然前路还未完全明朗，她也不想再一味地回避。

江一桐决定留下肚子里的这个孩子，她并没有大张旗鼓地宣布这个决定，大家却是心知肚明地为接下来要发生的事情做着准备。

家里莫名多了许多婴儿用品，爷爷愈加勤奋地熬煮加了药膳的白粥，至于爸爸，在江一桐去探望他的时候，会破天荒地说些过去的事情，还会说起关于妈妈的故事——那些长年堆积在记忆深处里的往事。

“在怀你之前，你妈妈还怀过两个孩子，都没能生下来。所以，在你刚出生那几年，她特别害怕，担心你会被随时而来的意外带走。”

爸爸说的这些，江一桐从没有听妈妈提起过，在爸爸讲述的过程中，她才逐渐看清了妈妈身上的印记，还有她自己身上的印记，原来她和妈妈命运中无法揣测的悲剧，早已有了源头。

“能告诉我为什么决定留下这个孩子吗？”爸爸问。

“很难说明白，”医院的空调开得很大，江一桐将外衣披到肩上，“我想如果妈妈在，她一定不会同意我打掉这个孩子。”

做手术的那天，江一桐按时来到医院，她被剥得精光，躺在手术室里等待麻醉时，看到医生和护士在各自忙碌，江一桐闭着眼睛，听着她们匆忙的脚步声，还有手术器械冰冷的撞击声，她想到了妈妈。

江一桐微微直起身体，久久看着手术室里那些陌生又令她感到熟悉的人，似乎想从中找出妈妈的影子，当然，这是不可能的。她叹口气，坐起身来。

“我不做了。”

“什么？”正准备为她输液的小护士瞪大眼睛。

“我要这个孩子，我不做手术了。”

江一桐开始往身上套衣服，林晗看了她一眼，没有说话，但是江一桐知道，她能够体会自己的心情。

决定留下孩子之后，江一桐又去看了妈妈，她开着爸爸那辆面包车，和方文博一起，前往公墓。

方文博的那只黑色小狗也被带了出来，它钻在面包车的后排，将那些杂乱堆放的纸箱子拱得更加凌乱。

“这车里也太乱了，人都没地方坐了。”方文博先声夺人地为小狗辩解，他将窗户开到最大，“还有这空调也不管用，音响也是坏的。”

“没关系，过几天，我会把这些都修好。”江一桐看了看后面的纸箱，那些是爸爸的一位朋友借了他的钱做生意，结果赔到关门歇业，没有钱还给爸爸，只得把店里的一堆无人问津的鞋子拿来抵债。

“我看这些修好可要花不少钱，不如换一辆新车。”

副驾座位的中间有些凹陷，方文博坐得很不舒服，他努力将双腿伸直，身体后仰，想调整一个舒适的角度。

“你身上的T恤也好像穿了好多年了，你怎么不去换件新的？”

“这是我哥哥留给我的。”方文博似乎明白了什么，他拍打着座椅，“其实，你爸爸人挺不错的。”

这辆面包车是弟弟的妈妈凑钱买给爸爸的，他们两个当时对以后的生活，大概充满了美好遐想。

人们总是这样轻易地对未来异想天开，以为生活可以依照他们当时的心情做决定。江一桐将车停到公墓门口，一堆不起眼的墓碑中，有妈妈的，有方文博哥哥的，还有弟弟的妈妈的，一眼望不到头的死亡之地，他们各自安眠。

“你爸爸为什么不让你来公墓？”

“他怪我，因为我，哥哥才死的。”方文博站在风徐徐吹过的斜坡上，他哥哥的墓碑就在一片茵茵青草的围绕之间。

“对不起，我不知道——”

“没关系，真的，爸爸可能没有告诉过你，当时死的人，应该是我，所以我没资格接受别人的道歉，你明白吗？”

方文博蹲下身，将他哥哥墓碑前的杂草拔掉，小狗绕着墓碑左一圈右一圈地绕个没完，就像在和一个缥缈的灵魂做着追逐的游戏似的。

“我当然明白，”江一桐盯着方文博的眼睛，“你原来的名字不是这个吧？我以前虽然很少和你，还有你哥哥接触，觉得你们是小孩子，但是我对你们也不是一无所知的。我问过你爸爸，关于你的事，你爸爸和我说，他给你哥哥起名字叫方文，给你起名字叫方博，在你哥哥去世后，你央求他带你改了名字，不是你爸爸在怪你，长久以来，没能够放下这件事情的人是你自己。”

云间的飞鸟缓缓前行，远处响起火车驶过铁轨的声音。江一桐面前的少年惊恐地含着眼泪，他不知所措地蹲在墓碑前痛哭。墓碑上照片里的那个年轻男孩，正目光柔和地注视着他，充满宽容。

爸爸的治疗已经有一段时间了，他的身体变得虚弱起来，江一桐为他找了一个护工，二十四小时地陪护他。

“他真的能挨到明年春天吗？”

江一桐残留的一点医学常识提醒她，爸爸的情况，远没有罗嘉当初和她保证过的那样乐观。

“我没办法保证他一定能活到那个时候，我只能说癌细胞没有扩散到脑子里，这已经是他能多撑一些时日的最有利前提了。”

罗嘉最近常常光顾书店，他想劝江一桐关掉这个书店，安心照顾好自己的身体。江一桐还在犹豫。

“还有一件事，43 床一直想来书店，他知道我和你是朋友，悄悄央求我好几次了，我没同意，不过——明晚我值班，我想我可以想办法带他出来。”

“你怎么突然大发善心了？”

“因为，这可能是他最后的愿望了。”罗嘉说那个瘦弱的年轻人已经快要接近生命的极限，“与其让他自己想办法偷偷跑出来，不如由我这个医生保驾护航。”

“我这里当然没问题，只是他为什么一心想来这里呢？”江一桐不明白。

罗嘉仰起头，从书架上抽下一本书，说道：“我想，你爸爸可能在病房里，过度营销了这里吧。”

第二天深夜，罗嘉推着坐在轮椅上的年轻人，出现在了书店门口。年轻人露出羞赧的笑容：“我又溜出来了。”

这是城市独有的深夜，寥寥的星子零散飘落在天的幕布上，可以毫不理会人间的万事万物。夜晚就是可以给人这样的便利，反正黑夜会原谅一切。

书店在江一桐的一番重新收拾下，已经和从前的样子大不相同了。书架重新被摆放了位置，给房间腾出了更多的空间，窗台和角落里摆放着各种绿植花卉，地板因为擦拭得过于洁净，能够倒映出每个人的轮廓。

“这里真舒服。”

年轻人的目光在每一本书上都一一停留，他尝试着想要从轮椅上站起来，被罗嘉严厉的眼神制止了。

“43 床，半小时后，我们就得回医院，知道吗？”罗嘉随手拎着一个医药箱。

“他叫什么名字？”钻在睡袋里的方越悄声问江一桐。

“我——不知道，没问过。”

认识了这么久，竟然连对方的名字都没有问过。面对方越的惊讶，江一桐为自己下意识中隐藏的冷酷而感到心虚。当她第一次在病房里见到眼前这个年轻人，那时他还不像现在这样瘦弱不堪，但江一桐已经将他划入了死神的名单中。

每当江一桐见到他时，都隐隐地认为他们不会再有下一次见面了，既然如此，还有什么必要问名字呢？

“你好，我是不是打扰到你了？”

年轻人望向门口，弟弟穿着睡衣，小心翼翼地看着书店里的人。

最后，还是在爷爷的帮忙下，弟弟才肯走进书店里，就如爸爸说的那样，弟弟惧怕陌生的人，他一直躲在江一桐的身后，目光在罗嘉和年轻人身上游移。

“时间差不多了，我们该走了。”半小时后，罗嘉催促。

“让我再待一会儿吧，就一会儿。”年轻人哀求，他手里那本《霍乱时期的爱情》从膝上掉落。

“你要去哪儿？”弟弟将书从地上捡起，他声音很低，半个身体藏在江一桐的背后。

“他生病了，我要带他回医院去。”罗嘉说。

“你也生病了，”弟弟走近了一些，“别害怕，等你的病治好了，就可以每天来这里看书了。”

“好，等我病好了再来。”年轻人妥协。

“到时候，我爸爸的病也好了，他会找很多好看的书给你。”

罗嘉和年轻人走到门口时，弟弟又补充了一句。江一桐看到年轻人将头微微侧到一边，最终什么也没说。

从敞开的窗口，可以隐约看到罗嘉的车拐出了巷口。江一桐送弟弟上楼睡觉，听到方越和爷爷在谈话。

“看样子活不了多久了。”

“听说是孤儿，这样也好，免了让亲人伤心难过。”爷爷咳嗽起来，天气是真的凉了下来。

“这样说，对那个年轻人也太无情了吧。”

“不然，每天都有人惦记着他，可是却再也见不到他，对于那些人来说，这种生活不是更无情吗？”

“是啊，是啊——”

方越和爷爷的声音渐渐小了下去，江一桐坐在床边，看着弟弟隐没在月光中的脸庞，她的手被弟弟紧紧抓着。

在枕头边，放着一张照片，被爸爸抱在怀里的弟弟，正对着镜头咧开嘴巴笑着，坐在爸爸身边的女人，挽着爸爸的胳膊。

“想妈妈吗？”江一桐指着照片上的女人问。

“不想。”

“为什么？”

“因为妈妈已经死了，她不会知道的。”弟弟的话，江一桐没有听懂。

外面，一场大雨又突然而至，就像无法预测的厄运一样落下。江一桐不止一次地想过，究竟应该怎样努力，才能假装把生活过得和妈妈离开前一样若无其事。

7 一把蓝色的伞

吃过早饭后，江一桐准备去医院给爸爸送“病号饭”。爷爷站在厨房门口，看着她将温热的汤面灌进保温桶里。

“有二十多天了吧？”

“什么？”江一桐不解地抬起头。

“你爸爸住进医院里，快一个月了吧？”

“对，”江一桐不知道爷爷为什么突然提这个，她忐忑地走出门，担心爷爷提出要去医院看望的要求，“我今天再问问医生什么时候可以出院，不过——”

“急什么，能出院的时候，医生自然会告诉你的。”

爷爷走进自己的卧房，透过门缝，江一桐看到房间的陈设还是以前的老样子，一张掉漆的巨大书桌摆在窗户下，床在靠近门口的位置，床下塞满了箱子。

病房里，江一桐和爸爸讲了爷爷的事情："万一爷爷提出要来医院看你，我怎么回答他呢？"

"他不会来的。"爸爸倒是毫不担心。

"虽然这些天，他没提出来看你，但是都这么久了，爷爷不可能一直——"

爸爸打断了江一桐的话："你妈妈的事情之后，他就不肯再来医院了，上一次要不是你突然昏倒，我想他还是不肯出现在医院里的。"

妈妈和爸爸的事，令爷爷一直引以为傲的幸福美满的生活被砸出了一个突兀的裂缝，他知道就算奋力地修补，那道疤痢一样的裂缝也会让所有的人都记住这件事，永远也无法忘记。爷爷不甘心成为别人眼中被同情、被议论的角色，但他又无能为力去改变，便只能像鸵鸟一样将头埋在沙子里。

"是啊，我差点忘记了，爷爷最爱面子。"江一桐承认。

"43，你没事吧？"爸爸冲门口说道。年轻人坐在轮椅上，被护工推进门，又抱到了病床上。

年轻人眨眨眼皮，连开口说话的力气都没有。

"44床，该你了。"护工把爸爸搀扶到轮椅上。

"你照看一下。"爸爸扭回头叮嘱江一桐。

就像搁浅在河沿上的鱼，年轻人微张着双眼，胸口略略起伏。

他和爸爸每天都要进行放疗，这是一种利用各种射线来遏制肿瘤生长的办法。

“想坐起来吗？或者吃点什么？”

江一桐盛出一碗面。年轻人吸吸鼻子，笑着摇了摇头：“香，真的。”

“下次你再去书店，我做给你吃，刚出锅的更好吃。”江一桐不怎么会做菜，但煮面很拿手。

“好。”

年轻人闭上眼睛。江一桐看着挂在他床头的牌子，上面写着他的名字，很寻常的一个名字。江一桐努力记下这个名字，在心底默念了好几遍。

爸爸做完治疗，很快回到病房，他的状态好一些。罗嘉说治疗起到了一定程度的效果，下个月，爸爸可以回家住几天。

“运气好的话，他也许能等到你的孩子出生。”

罗嘉给江一桐看爸爸拍的片子，他身体里的肿瘤缩小了一些，那些暗色的阴影呈现出固执的形状，看上去似乎与身体紧密不可分离。

“这么久——”江一桐不知该如何表述，“我是说，我没想过会在这儿留这么长时间的。我以为会很快的。”

“很快的，一桐，”罗嘉的手掌贴到江一桐的小腹上，“等有一天你愿意回头看的时候，就会发现这一切都很快。”

晚霞消失在远处的山脊上，群山的线条绵延不断，弟弟坐在书店门口，那个“不良少女”在陪他说话。

“你又和别人打架了？”弟弟打量着女孩的脸。

“是他们先骂我的，我又不想招惹别人。”女孩突然察觉似的回头，撞上江一桐望出来的目光。

“打架不好。”

“知道了，下次不会了。”

“你都这样说了一百遍了。”

“我哪有——”

弟弟不再说话。女孩从书包里掏出一盒饼干，默默吃了起来。江一桐盛出一碗荞麦面，端给女孩。

“我可没带钱。”女孩接过碗。

“不收钱，这是我给自己做的，不过我现在没胃口。”江一桐没有客套，她这些天总觉得累，有点打不起精神。林晗说这是孕早期的正常反应，让她注意休息。

女孩吃完面，将碗送进了厨房。

方越牵着小狗，伸着懒腰走过来。小狗看到女孩从书店走出来，兴高采烈地扑到她身上去。

“肉松，我带你出去玩儿。”女孩将竖在一旁的滑板放到脚下。

“别给它乱吃东西。”方越把狗绳递过去。

“知道了。”女孩踩着滑板，“一安，你去不去？”

弟弟站起来，询问地看着江一桐，在江一桐点头后，他和女孩一起跑远，小狗奋力地在后面追。

“这个女孩子挺奇怪，晚上总是在书店过夜，还有她应该还在读书吧，手上怎么会文那么多乱七八糟的东西，她的父母都不管的吗？”江一桐的话，令方越讶异。

“悄悄的父母都在外地工作，她和外婆生活在一起。”方越摸着下巴上的胡楂，“她是一安的好朋友，一安没有和你说起过吗？”

“说什么？”

“悄悄不是个胡闹的孩子，她手上的文身只是一些贴纸图案，她只是，只是想要做做样子而已。”

方越的话，江一桐越听越糊涂，不过她对那个女孩也没什么兴趣，谁还没有过一个肆意的青春期呢？

“好了好了，不管那么多了，有人陪他玩也挺好，省得他总是缠着我。”

“你不会真打算等你爸爸一去世，就把一安送到福利院吧？回来了这么久，你对他还像是一个陌生人一样，你可是他姐姐。”

“陌生的姐姐。”

江一桐不等方越开口，沿着巷子走到马路上，她觉得有些口渴，走进一家饮品店要了啤酒。

啤酒被端上来时，她又改变了主意：“来杯温水。”

斜挂在墙壁上的电视正在播放新闻节目，报道一个与父母失散多年的女人，在众人帮助下重新回到亲人身边的事件。

记者用哽咽的声音对着镜头重复：“这真是感人的一幕。”

电视机里那个女人泣不成声地抱着自己多年未见的父母，她脸上真实的表情隐藏在劣质化妆品下，江一桐在她厚重的睫毛膏下看到了深深的疲惫。

“假模假式。”有人说出了江一桐心里想的话。她回头望了一眼，是坐在冷饮店角落里的一个男人，右边的袖管无力地垂在身体一侧。

“是你？”男人认出了江一桐。

“身体恢复得不错啊。”

男人脸上的瘀青几乎看不出来了，他穿了一条藏青色的短裤，小腿上布满刺青，完全看不出皮肤原本的色泽。

“别以貌取人，”男人甩了甩右边的袖子，“我小学的时候是短跑选手，初中生都跑不过我，爆发力惊人。”

“真没看出来。”江一桐付了钱，走出冷饮店。

男人跟了出来，肩上背着一只硕大的登山包，站在路边的公交站下，百无聊赖地踢着脚下的易拉罐。

“要出远门？”

江一桐走出几步，又回头问道。

“算是吧，其实我也不知道要去哪儿，不过，总有个地方可以待吧。”说完，男人微微笑了一笑。

“如果，我是说如果，你没地方去，可以来我店里，”江一桐补充似的接了一句，“我最近在招店员。”

话一出口，男人的神情显得有些意外，他排队挤上公交车，若有所思地透过车窗，看着江一桐。

贸然地提出这样的邀请，江一桐也有些后悔。虽然罗嘉一再要求江一桐找一个人来看着书店，爷爷也没有提出反对，但是叫这样一个人来店里工作，江一桐自己都觉得有些不合时宜。

希望他没有当真考虑。江一桐想。

天气一天天地凉了下来，江一桐给书店里装上了空调。暖风从风叶中缓缓吹出，在屋里盘旋成温热的旋涡。

弟弟喜欢坐在空调下看书，近在咫尺的暖风让他很快就满头大汗。爷爷不满地对江一桐说：“好端端的装什么空调，对身体一点好处都没有。”

爷爷向来主张遵循健康的自然法则，不论是炎热还是寒冷，都是理所应当要适应的，所以这些年，家里一直都没有安装空调。

“装空调了，太好了。”方越走进来，在空调前转了一圈，“我还计划过段时间，睡觉的时候再加床毯子，这下看来是不用了。”

江一桐说：“少吹点空调，对身体一点好处都没有。”

“谁说的？”方越脱掉外套，做了一个扩胸运动，“舒服就是最大的好处。”

“好。”弟弟简短地支持。

三比一的结果，江一桐抿着嘴笑起来。爷爷独自走出门外，他站在梧桐树下，看着地上的落叶。这棵梧桐长得更大了，以前每年开花的时节，一夜醒来，树枝上挂满了紫色的、像铜铃一样的花朵。

以前，妈妈会拉着江一桐的手，站在树下等着爸爸回来。在空荡荡的巷子里，妈妈会给江一桐讲一个复杂的、悲伤的爱情故事。沉浸在故事中的妈妈，直到看见爸爸远远走来的身影，才会有笑容从她的嘴角溢出来。

在妈妈死后的一段时间，江一桐将那个故事读了好几遍。她还是无法找到妈妈近乎偏执的爱情信仰从何而来，故事的作者写道：“世俗的好处：安全感、和谐和幸福，这些东西一旦相加，或许看似爱情，也几乎等于爱情。但它们终究不是爱情。用一块没有泪水的海绵将有关她的记忆彻底抹掉，让她在他记忆中所占据的那块空间里长出一片罂粟花。”

江一桐常常回忆妈妈站在树下等待的样子，在妈妈咖啡色的瞳孔中，沉默无声地长着一片罂粟花。

“进里面看看吧。”

爷爷在门口和一个女孩说话，女孩背着白色的双肩包，手里拿着一把蓝色的伞，眼神像小鹿一样机敏。

“我是不是来得有点早？还没开始营业吗？”

女孩局促地站在门口，眼睛已经忍不住往屋里四处张望。

“没关系，进来吧。”江一桐将门外的灯打开，将弟弟手里的书抽出来，让他和爷爷上楼去睡觉。

“一个朋友推荐我来的。”

“是吗？”江一桐关掉了空调，屋里的气温渐渐降下去，不再像之前那么燥热了。

“我们以前一直幻想着开这样一家书店，每天下班后，可以在店里煮一壶热茶，依偎在一起看书。”

女孩站在书架前，仰头看着面前一排又一排的书。

“有梦想是好的。”

“不，”女孩纠正，“不是梦想，是幻想。后来，他离开了，我再也没有见过他。前几天，我收到一条陌生短信，我知道是他发的。”

“他说了什么？”江一桐捏紧了手里的书。

“他告诉了我这个地址，说有话对我说。”女孩面对着江一桐，指着她手中的那本《霍乱时期的爱情》，“他说自己的话留在了这本书里。”

江一桐把书递给女孩，女孩低头一页一页地翻看着，灯光的映衬下，她的肤色很白，细致得看不出丝毫瑕疵，就像一个做工考究的瓷娃娃。

“找到了吗？”江一桐开口打破沉默。

女孩将书合上，还给了江一桐：“如果你见到他，帮我转告他，有些话，迟了就是迟了，没意义。”

翻开小说，在其中折起的一页上，江一桐看到一句用淡色铅笔印标注的话：“我等待这个机会，已经有 51 年 9 个月零 4 天了，在这段时间里，我一直爱着你，从我第一眼见到你，直到现在，我第一次向你表达我的誓言，我永远爱你，忠贞不渝。”

“等一下，”江一桐叫住已经走出门口的女孩，“你就不想知道，你的朋友为什么躲着不肯见你吗？”

女孩迟疑地回过头，江一桐走向她，女孩的脸在夜色中发出莹莹的光。

“一桐，43 床刚刚去世了，你爸爸情绪很低落，你最好明天来看看他。”罗嘉的电话突然打来。

江一桐茫然地看着面前的女孩，想要说的话全部都变得粉碎，原来有些事，有些话，迟了就是迟了。

没意义。

“听到了吗？”罗嘉还在追问。

“嗯。”

“那就早点休息吧。”

“好。”江一桐拼命在脑海中回忆 43 床的名字，但是她一个字也想不起来，那寻常的三个字，就这样倏忽而逝。

“你想和我说什么？”女孩问。

“你的朋友，你还想再见他一面吗？”江一桐这样问，女孩没有立即回答，江一桐给女孩留了电话号码，说如果她考虑好了，就给自己打电话。

翌日，江一桐出门时，女孩已经站在了门口。

“就是这样，他从你的婚礼上落荒而逃。”在车上，江一桐对女孩讲了43床去婚礼现场的事。

“原来，他一直离我这么近。”

女孩看着车窗外，江一桐直视着道路前方，清晨的路上，车水马龙，喧闹的城市里，没人注意到一个女孩压低的抽泣声。

走到医院门口时，女孩忽然却步。

“不行，我做不到。”

江一桐和女孩站在医院大厅的入口处，来往的人对她们视而不见，清晨的阳光匍匐在地面上。

“那我先上去吧。”江一桐能够体谅女孩，突然被卷入一段旧日的岁月中，任谁也会仓皇失措。

在医生办公室里，江一桐见到了落落寡欢的爸爸，他正在听罗嘉讲解病情。见到江一桐进来，罗嘉冲她招招手。

“你爸爸这段时间治疗下来，情况还可以，明天上午，你就可以接他回家了。”

“好。”

江一桐留意到爸爸并没有太大的反应，他木然地任由护士把他搀回病房，43床已经来了新的患者。

昨天夜里，43床的年轻人陷入深度昏迷，是爸爸大声喊叫，引来了医生和护士。抢救的时候，把床头柜上的那杯百香果蜜茶撞翻在地，已经被放置了好久的果茶，流淌在地上，溢出与医院格格不入的味道。

一个急着上呼吸机的护士差点被滑倒，发出一声尖叫。43 床的年轻人眼珠转了转，随后就不动了。

“他是想要看一眼洒在地上的果茶，那是他女朋友最爱喝的。”爸爸笃定地这样认为，这些日子，他和 43 床的年轻人推心置腹，交换了许多彼此人生的秘密。

在病房的门口，摆着一个纸箱子，里面放着几套衣服，还有一些日常用品。一个护士朝护士站方向喊道：“43 床的东西怎么办？”

“先放着吧，看有没有人来拿。”另一个护士的声音从护士站传出来。

女孩是由罗嘉陪着走进病房的，她的样子看起来没什么异样，情绪平稳地抱起那个纸箱子。

“这些东西就交给我吧。”

罗嘉让护士带女孩去护士站签个字，他转身对江一桐说道：“她已经去看过 43 床了，我带她去的，挺平静的。”

“我还以为她会崩溃大哭呢。”

“崩溃可不是只有大哭一种发泄方式。”爸爸插了一句话。

爸爸执意不肯让江一桐留下陪他，江一桐只好离开病房，走到医院大厅时，罗嘉对她说：“记得准时来复查，在家的时候，有任何问题，都可以给我打电话。”

“好。”

江一桐看着外面蓝天白云下的大地，医院大楼的阴影呈现出几个倒立的梯形，透着奇异的美感。

在梯形的边缘处，江一桐看到女孩跪在地上，面前有一个打翻的纸箱，她将一件蓝色的衬衫搂在胸前，手里还捏着一页白色的纸张，肩膀剧烈地耸动。

爸爸出院后，对一切都感到新奇。

“这车怎么……”

“我找人修了修，空调好了，座椅也调整了，哦，还有垫子都换了新的。”

江一桐把爸爸从车上扶下来，弟弟已经早早等在了巷子外，蹦蹦跳跳地跑上前拉住爸爸的手。

“车里的东西……”

“处理掉了，我想你留着也没有什么用处。”

站在书店门口，爸爸迟迟没有迈进去，他背对着阳光，凝视目光，仔细地看着屋里的角落。

“姐姐布置的。”弟弟想了想，又指了指自己，“我也有帮忙。”

爸爸揽住弟弟的肩膀，在门口的椅子上坐下来，他费力地脱掉笨重的黑色外套，露出瘦成骨架的身体。

爷爷从卧室走出来，看到爸爸的样子，怔了片刻，随后对江一桐说：“床已经铺好了，被子也换了新的。”

因为爸爸现在不方便上下楼梯，江一桐在爷爷的卧房里用屏风隔出了一个小空间，摆了一张护理床给爸爸用。

江一桐搀扶着爸爸的胳膊，送他去卧房休息，爸爸的目光聚在她的脸上，持续了一分多钟。

“谢谢你。”

“你休息吧，有事叫我。”

江一桐关上门出来，听到弟弟和爸爸说笑的声音。她像弟弟这个年纪的时候，已经能够无比熟练地和爸爸争吵，那些画面十分清晰又万般寂静。

书店的客人还是寥寥无几，常来的除了找弟弟玩儿的女孩悄悄，每晚固定睡在这里的方越，就是一脸漠然的小牧。偶尔会有人试着推开门。

“请问有香烟卖吗？”

“能不能借用一下厕所？”

夜色中的行人，循着灯光找来，需求解决或无法解决，他们都不会停留。

连日暴雨，黑云自西边掩来，月光藏匿，反反复复地降雨，终于把夏天彻底送走。爸爸身上搭着毯子，侧身在门口的躺椅上安睡。

弟弟抱着一本书，枕在爸爸身边，也睡得很香。空调送出的暖风徐徐地盖在他们身上，父子两个都喜欢待在温暖的地方。

书店的门被人从外面拉开，一把蓝色的伞率先撑了进来。伞下的人看到屋里安静入睡的人，愣在了门口。

“你怎么来了？”

站在房檐下，江一桐呼吸着清冷、冰凉的空气，潮湿的水汽浸润了她的脏腑，全身的毛孔都被寒气穿透。

“我要去另一座城市生活了，走之前，想再来看一眼。”女孩隔着窗户，无限留恋地望着这个她仅仅是第二次来的地方。

“随时欢迎你再来。”

“大概——不会再来了。”女孩从包里拿出一本《霍乱时期的爱情》，递给江一桐，“这个，留在这儿吧。”

关于43床，女孩什么都没提，但她短短停留的那几分钟，又好像说了许多似的。女孩撑着伞，消失在细密的雨水中，蓝色的伞面，就像午夜的浮云，一路飘远。

江一桐回到屋里，爸爸睁开了眼睛。

“想要开始新的生活，总要彻底和过去告别。”爸爸看来醒了有一阵子了，他谈起43床的年轻人，还是十分不舍。

43床的年轻人无意中听爸爸说起自己有一间深夜书店，便一直想要来看一看。对于他这种莫名的渴望，爸爸并没有多问。直到他从书店回来，才对爸爸说起了自己那段短暂的恋爱。他和女朋友是在图书馆认识的，他们都喜欢看书，希望在结婚后能够有一家属于自己的书店。

“他买了戒指，藏在了这本书里，准备求婚。”爸爸指了指江一桐手里的书，“可是，他的检查报告毁了他对未来的计划，他逃走了，对，他就是这样和我说的，逃走了。他从书上撕下了写有他想对女朋友说的誓言的那一页，然后怀揣着那份没有说出口的誓言，想尽办法要活下去，可是没办法，好多时候，我们总是没办法。”

“他不应该逃的。”

江一桐翻开手里的书，其中一页被撕掉后又被粘了上去，红色的笔醒目地画出了：“我一直爱着你，从我第一眼见到你，直到现在，我第一次向你表达我的誓言，我永远爱你，忠贞不渝。”

爸爸把书从江一桐手中接过去，他抚摸着残缺的书页，如同触碰到了 43 床那个年轻人孤独的人生。

江一桐不知道他曾经是怎样绝望地撕扯下那一张满载希望和幸福的书页，在无数个疼痛的夜晚，他是否后悔过自己的决定。

江一桐也无从知晓，那个被突然放弃的女孩，是怎么重拾了生活的信心，开始了新的人生。

不过，她看着眼前这本泛黄的书，知道这个世界上曾经有两个年轻人，为了尝试靠近心中的目标而不断努力。原来 43 床的年轻人近乎不理智的求生意志，是因为他还欠一个女孩没说出口的誓言，原来女孩在医院门口无法遏制的悲恸，是因为她在看到那一张残页时才恍然大悟，她之前以为失去的，其实一直都在。

“我想，那个女孩子大概连自己都不清楚，她对43有多深的爱。”爸爸沉沉叹息，女孩今天能送来这本书，说明这几年，她一直留着这本缺了一页的小说，她在等待什么，期盼什么，她自己可能都说不清。

“我想，她知道的。”江一桐想起43床年轻人蓝色的衬衫，女孩婚礼上蓝色的灯光，还有女孩始终撑着的那把蓝色雨伞。

蓝色是天空的颜色，43床的年轻人不止一次地望着病房外的天空说过：“我最喜欢蓝色了，让人觉得真正的生活还没开始。”

最初的时刻，觉得爱情就是绝对存在的天堂，每个人都在寻找进入的途径。江一桐将书放上书架，她想到了她这个年纪，已经开始知道爱情不是一种客观存在的状态，也并非会因为主观而消减的行为。

有些爱情只是那一把蓝色的雨伞，它永远都会存在，却永远不会为他人所知。

二、沉默的告别

Chapter two

从梦中醒来，罗嘉已经离开了，江一桐觉得脸上冰凉，伸手一摸，泪水如同梦中的大雨一般无休无止。

1 迷路布拉格

“你叫什么名字？”

“萧然。”

“哪个 xiao ？”

“萧峰的萧，降龙十八掌那个。”

“多大了？”

“三十了，不过我虚两岁，准确来说二十八。”

“哪儿人啊？”

“本地的，我家原来就住在长阳小街东边的那栋蓝色的五层小楼里，后来搬走了。”

“结婚了吗？”

“别开玩笑了，我连女朋友都没有。”

“为什么要来我们这里当店员？”

“不是我要来的，是她请我来的。”

众人的目光集中到江一桐身上，那个叫作萧然的男人正理直气壮地用左手指着她，右边的袖子里空空荡荡。

二十分钟之前，爷爷和爸爸在房间里休息，方越也钻在睡袋里打着轻微的鼾声，弟弟赖在江一桐身边，目不转睛地看着新买回来的书。

萧然突然推门进来，直直对着江一桐说：“我想好了。”

“啊？”江一桐还没来得及反应，就眼睁睁看着萧然一个转身，肩上的背包将她新买的花瓶撞倒在地。

玻璃破碎的声音，惊醒了屋里的人。

爷爷和爸爸对萧然进行了一番“盘问”后，虽然什么也没说，但从他们的脸色，江一桐可以判断出，他们不希望萧然留下。

“你——”江一桐干咳一声，试图说出一个可以让自己食言的借口。

“我现在就可以上班了，有什么需要我做的，尽管交代。”萧然把那只巨大的背包扔到一旁，驾轻就熟地蹲下身去收拾地板上的花瓶碎片。

“那是什么？”

弟弟轻轻晃了晃江一桐的胳膊，指着萧然的口袋。从萧然进门，他就一直缩在门口的角落里看书，对这个闯入者毫不关注。

“口琴。”萧然把那个泛着金属色的小玩意儿放在唇边吹了几声，轻巧的音调从他的嘴角飞出。

“你——”江一桐再次尝试开口，想要尽快让面前这个男人离开。

“好听。”

弟弟的捧场，令萧然吹得更加起劲，从他的眼神中，江一桐能够看出一丝狡黠的笑意闪过，但并不令人讨厌。

“你先试用一个月吧。”

江一桐妥协了，爷爷和爸爸也没再多说，一旁的方越在琴声中，又很快进入了睡梦中。就这样，萧然成为书店的临时雇员，夜里，他默默地坐在角落里发呆，白天，常常看不到他的人影。

萧然不在的时候，爸爸和爷爷会说起他：“他的胳膊是怎么回事？是天生的，还是后来出了什么事啊？”

“看样子，像是后来断的。”

江一桐看到爷爷好几次戴着老花镜，以找书为借口，站在书架后面，在萧然露出残臂时，偷偷观察。

“总觉得留他在咱们家里不合适，怪怪的。”

“那你去和一桐说，让他离开。”

“怎么是我去说，你去说，她才会听的吧。”

“她什么时候听过我的话。”

“那她又什么时候听过我的话了？”

爸爸和爷爷的声音从卧室的门板后面发出来，闷闷的，他们就像两个偷偷躲起来说家长坏话的小孩了，自以为窃窃私语，没想到一字不落地都落进了江一桐的耳朵里。

从医院回来后，爸爸和爷爷的关系似乎没有从前那些年那么陌生了，他们会互相提醒对方吃药，奚落彼此的记性差。

“你爷爷今天差点把我的药给吃了。”爸爸有时会和江一桐“告状”，语调里有种顽皮的东西。

“都是一样的盒子，我怎么分得清。”爷爷申辩。

“怎么会一样，我是蓝色的，你是白色的嘛。”

为了不让爷爷从爸爸吃的药上发现端倪，江一桐以方便为由，给他们两个换了老年人专用的透明药盒，将每天的药按量放在盒子的小格里。

爷爷背着手走到门外，爸爸笑着说：“幸好你在家，不然他又得和我生气。”虽然爸爸的脸埋在厚厚的衣领中，江一桐还是听到了他的笑意。

不过，江一桐没有问爸爸，她不在家的这十年，他们过着什么样的生活，就好像爸爸也没有问过江一桐，在外面的那十年，她有没有想过回来。

差不多两个多月没见到林晗了，江一桐在游乐场门口看到她时，她似乎更加瘦了一些，穿了一件过膝的黑色风衣，自然而雅静，就像一株荒原上挺立的树。

“介绍一下，我儿子罗可为，小名布丁。”林晗把一个“迷你版”的小罗嘉推到了江一桐面前。

“我认识你，你是爸爸电脑里的阿姨。”小家伙出口不凡，令江一桐和林晗错愕地怔在原地。

“江阿姨是妈妈和爸爸的大学同学，我们是好朋友，就像你和栩栩还有王悦凯那样的关系。”

林晗“此地无银”地解释道，江一桐也想说点什么，但她不知道该怎么表达，就什么都没说出口。

“小罗嘉”很快对水上滚球燃起了浓厚的兴趣，他央求林晗把他放进一个透明的球状体里，然后欢快地在里面扑腾起来。

“最近感觉怎么样？”林晗盯着江一桐的肚子，“听罗嘉说，你每次都会准时去产检，不错哟。”

“那罗嘉也会告诉你，我和肚子里这个，一切都正常，你呢？忙得去医院都看不到你的人。”

“我的签证下来了，下个月就走，去美国。”

游乐场里充斥着小孩子的尖叫声、大人们的呼喊声，江一桐看着林晗纤瘦的侧影：“为什么？”

“别这样，一桐，不是因为你，真的。”林晗笑着挽住江一桐的胳膊，就像她们大学时候一样亲昵，“离婚前，我就做了这个决定，是为了我自己。其实，当年离开的人不应该是你，应该是我。”

认真回想起来，林晗所谓的“当年”，已经过去十年了。在江一桐三十岁生日的时候，林晗给她介绍了一个相亲对象，是一个看起来很精英的男人，他对江一桐殷勤十足，每次约会，都会绅士护送。

那段时间，江一桐、林晗和罗嘉的关系很胶着，林晗大约是抱着非此即彼的态度，将一个男人塞到江一桐面前令她选择。

也不是出于要认真交往的目的，江一桐只是觉得在她人生的分水岭上，既然和这个男人偶遇，也没有理由将这样的缘分拒之门外。后来他们一起出国生活了一段时间，两个人没有什么可谈的，话题常常一开始，就迎来了结束。

有时，夜里睡不着觉，江一桐会看着枕边这个男人熟睡的脸庞，陌生得就像街头任意走来的一个路人。

在一个天还没亮起来的时刻，江一桐拎着收拾好的简单行李，没有留下一句话，踏上了回国的飞机。

在感情这回事上，江一桐总是尾随者，她自己往往没有方向，需要一个为她引路的人走在前面。只是往往走着走着，江一桐就看不清对方的身影，她只能独自循路向前。

“妈妈，给我拍照——”

“小罗嘉”激动地挥舞着小手，林晗微笑着举起手机。江一桐想，就算时间退到十年之前，就算没有那个横空出现的男人，她也不会留下的。当然，她无法向林晗解释更多，就像当年，在罗嘉追去深圳的机场时，她无法言明更多是一样的道理。

“这么多年，我并没有爱上过罗嘉。”

“这么多年，我也终于不再爱罗嘉了。”林晗看着儿子在夕阳下蹦蹦跳跳，“但是，一桐，当年我无论多么希望你远离我们的生活，心里也还是希望你能够得到幸福的。”

“我知道，是我从不珍惜幸福。”

“现在，你回来了，我要走了。你看，命运像不像一个圈，就像布丁刚才玩的水上滚球，他以为自己踩过了全世界，其实，不过是在原地徒劳而已。”

“布丁是个聪明的孩子，他知道自己在做什么的时候最开心。”

“是啊，”林晗牵住布丁的手，“我该送你回爸爸那儿去了，和阿姨说再见。”

“阿姨，拜拜。”小男孩一边敷衍地道别，一边缠着妈妈，“等下可不可以带我去买冰激凌？”

“林晗，再见。”江一桐的声音消融进四周的空气里。

太阳已经落到了大山的背后，一个美丽的秋日黄昏。

站在游乐场门口，江一桐和那对渐渐走远的母子挥手，她知道，林晗今天找她，不是来和她告别，而是来和过去的自己和解的。

萧然最近总是迟到，江一桐看看时间，已经快十二点了，他还没有出现在书店。江一桐拿起手机，准备行使老板权力时，门外响起了脚步声。

"今天又准备找什么借口呀？"

江一桐奚落着抬起头，看到了罗嘉那张波澜不惊的脸出现在她面前，有时候她也会对时光感到敬佩，能够将人大刀阔斧地改变一番。

"你的店员又旷工了？"

"我们是弹性工作制，员工有完全的时间自由。"

罗嘉没有接茬，他在书店里轻轻踱步，沿着书架，绕着屋子走了一周，来到江一桐的面前拿出十元钱。

"天有点冷，老板，帮我倒杯咖啡吧？"

一整个晚上，萧然都"识时务"地没有出现。罗嘉坐在爸爸常坐的躺椅上，看了一夜的《中华上下五千年》。

杯子里余下的一点咖啡早已没了温度，卡布奇诺的香甜气味凝固在微冷的空气里。因为店里没有客人，江一桐并没有打开空调，她喜欢清冷的感觉，那让她时刻保持冷静。

天快亮的时候，罗嘉睡着了，江一桐把方越的睡袋搭在了罗嘉身上，他额头有几条皱起的细纹，让他在睡梦中看起来也是一副郑重其事的样子。

"你怎么变成这个样子了？"江一桐慢慢蹲下身，轻声呢喃。

"是不是帅得让你后悔当初抛下我，跟小白脸远走他乡了？"罗嘉忽然睁开眼睛，把江一桐吓了一跳。

"你装睡？"

"别冤枉我，明明是你用这东西把我砸醒的。"

“怎么没砸死你——”

江一桐伸手去拉扯睡袋，罗嘉紧紧拽在手里，两个人势均力敌地僵持了几秒钟，不约而同地笑了起来。

“昨天，我有个病人去世了。”

“你那里，不是天天都有人死去吗？这么多年，还没习惯？”

江一桐被罗嘉搀扶着，在躺椅上躺下，罗嘉盘膝坐在地板上，将睡袋轻轻盖在江一桐的腿上。

“我答应过她，生日的时候送她一份大礼物，”罗嘉的眼睛亮了起来，“可是，后天才是她六岁的生日。”

“我们不可能做到我们承诺过的每一件事。”

“是啊，是啊，”罗嘉的手轻轻抚上江一桐的小腹，他的掌心很暖，散发着悲悯的温度，“我只是想哪怕她多撑过这两天呢，哪怕就两天——”

“好了，别想了。”

江一桐拍拍罗嘉的头，隐约能听到外面街道上有汽车呼啸而过的声音，新的一天又要开始了，昨夜的死亡被留在了昨夜。

“新鲜出锅的早餐，要不要趁热吃——”萧然推门而入，随他一起涌入的还有室外翻滚的寒冷气息。

看到屋内这样一番“岁月静好”的景象，萧然堵在门口，就像一尊被放错了展厅的石膏像。

“还知道回来啊？”江一桐先发制人。

“我上班去了。”罗嘉随后离开。

为了不打扰爷爷和爸爸休息，萧然被江一桐叫到二楼训话。

“我是不是——回来得有点早啊？”萧然毕恭毕敬地递上早餐，还不忘把自己的那份吃干净。

“昨晚干吗去了？又被人追着打？”江一桐看到萧然的裤脚上全是干掉的泥巴，衣服的袖子也裂开了一道长长的口子。

“没有。”

“那你怎么不来上班？”

“有点事，耽搁了。”萧然声音低了下去，眼睛看向别处，这是他的习惯，不想再说时，就是这样。

“你看，我的孩子快四个月了。”江一桐微微挺起腰身，她的肚子已经像一个鼓起的小山包。

萧然迟钝地吞咽下嘴巴里最后一口食物。

江一桐接着说：“我既然决定要生下这个孩子，就要保护好他，我不能让任何一丝一毫的潜在危险伤害到——”

“我不是罪犯——”话说到这里，萧然终于听懂了。

为了自证清白，也为了打消江一桐的疑虑，萧然告诉了她，下着大雨的那天，自己为什么会被人追进死胡同。

“因为我爸爸，也不能说他是我爸爸，因为我还没打算认他。”萧然很郑重的样子，让江一桐有些不习惯。

在萧然三岁的时候，他被人贩子从爸爸的自行车后座上抱走，卖到了北方很远的一个乡镇上。养父母对他很好，就是家里太穷，穷到买萧然的钱，都是在萧然懂事后很久才还清了的。

萧然十五岁时和几个年轻人一起外出打工时，他在工地上出了意外，右胳膊不得不被截掉。伤还没有痊愈，萧然就被养父母接回了家，因为他们实在无力负担医院的各项费用了。在家里整整躺了半年，萧然才接受了自己成为一个残疾人的事实。

就在萧然和养父母商量接下来该去哪里挣钱还债时，他的亲生爸爸随着警察和记者找上了门。

“就像是一盘被下乱了的棋，我都记不清那时候是怎么过来的，同样的话被不同的人重复地问，有一个记者特煽情地问我：‘当你被人贩子带离家乡的时候，心里是不是特别绝望？’我真是看在摄像机架在脸前面才没回她一句：‘你三岁就懂绝望两个字怎么写了是吗？’反正那时候特别糟心，说不上来，比没了胳膊还难受。”

萧然恶狠狠地说着，他右边的袖子就像一个通往黑洞的隧道，随时随地都有可能把人吸进万劫不复的深渊。

“能和亲人团聚总是好的，那么多丢失的孩子，大多数是一辈子都不知道自己的亲生父母在哪儿的。”

“一开始，我也这么想，可是回来之后觉得不对，什么都不对。我爸和我妈离婚了，我妈后来又生了两个孩子，我爸结了一次婚，又离了，他一个人开了一家小饭店，我回来以后跟他住，我妈有时候会来看我。”

“这不是挺好的吗？”江一桐看着眼前这个年轻人，满眼的戾气，就像北方隆冬时节的白霜。

“不，不好，我就像是一个远道而来的客人，他们对我的好，让我觉得下一秒钟就会起身欢送我。我回来了，可是我回的不是家，他们把我弄丢了，又把我从养父母给我的家里拽了出来，然后我什么都没了。”

萧然说他总是和社会上一些人混在一起，他爸管不了他，就要和他断绝父子关系，两个人有一次吵架吵到了气头上，萧然大吼：“你就当我三岁的时候已经死了吧。”

“你这样说，一定把你爸爸的心都伤透了。”

“也许吧，”萧然顿了一下，“后来我就搬出来了，挣点钱就给养父母寄回去，他们为了我，也付出挺多的。”

在漫长的铺垫之后，萧然终于讲到了他遇到江一桐的那个雨夜发生了什么故事。那天夜里，他路过爸爸的小饭店时，看到几个喝醉酒的小混混在闹事。然后下一分钟，他就用酒瓶砸破了其中一个人的头，和他们打成了一团。如果不是他循着灯光跑进了巷子里，大概另一条胳膊也会废掉。

“这个事情，有一个特别魔幻的结局，你知道是什么吗？”萧然憋不住似的先笑了起来，“第二天，我去小饭店里，我爸起身对我说：‘请进，吃点什么？’他完全不记得是我从那帮浑蛋手里把他救了，准确地说，是他不记得之前发生过什么了。”萧然笑着笑着，嘴角抽搐起来，通红的眼眶睁得很大，眼里的白霜化成河流。

比起死亡来说，遗忘更令人心哀，所有人最终的结局都是不可逃避地被这个世界所遗忘，但有的人却会在烈日当空之下，率先遗忘掉了全世界。

“本来想一走了之的，可是不管走到哪儿，都觉得不是我要去的地方，说来也奇怪，被接回来这么多年，一直对这里没什么感情，真要离开了，又觉得哪里都没有这里好，你说为什么呀？”

萧然说的应该是江一桐在车站附近碰到他的那一次，他带着行囊，想要远走他乡，但他当时的样子，明明就是没有方向可寻。

“因为你心里不想走。”

“你好厉害，我也是这几天才想明白的。”萧然说他之所以来江一桐这里上班，是因为书店离他爸爸的饭店很近，他只要走出巷子就能看到爸爸的饭店，能看见就好。

昨天晚上，萧然的爸爸和一位吃饭的顾客争执起来，萧然的爸爸坚持说顾客没给钱，顾客说给了钱，双方都不低头，顾客打电话报了警。萧然赶到公安局的时候，看到爸爸正在把所有的口袋都翻出来。

“真的没收他的钱，他还没给我。”

“这个人傻的——”那个客人的话音还没落，萧然就冲上前揪起他的领子，和他推搡了起来。

袖子是那个时候被扯坏掉的，裤脚上的泥是因为被推到了刚浇过水的花坛中。萧然领着爸爸回到饭店后，看到了在收银台上放着的一张五十元。

“我是不是没有收他的钱？”

“没有，他没给钱。”萧然把那五十元藏进手心，看到爸爸脸上露出“我就说嘛”的放松表情。

那一刻，萧然第一次觉得自己与爸爸有了一种同舟共济的亲密感，虽然只是暂时的。爸爸在给他端上一份青椒肉丝炒饭后，礼貌地向他微笑：“十三元，谢谢。”

南方的冬天，比北方的让人更难以忍受。北方的冷是大开大合，而南方的冷是细针刺骨。昨天夜里，萧然被送出饭店门口，他看着那个他曾冲对方嚷着“你就当我三岁的时候已经死了”的男人，堆满疏离笑容地对他说：“我要关门了，早点回家吧。”

然后，铁门就在萧然的面前毫不迟疑地合上了。萧然想要离开，但是他脚下一点力气都没有，最终，他蹲在那扇贴满了男科广告的铁门前羞涩地擦拭眼角流出的泪水，不是因为他被爸爸当作了陌生人，而是因为他之前所有的恨都变得毫无意义。

“既然是这样，那你今晚别再迟到了，还有昨天旷工的钱，我要扣掉的，前几天迟到也要扣钱。”

江一桐从萧然的眼中，看到自己生硬的表情无处躲藏。萧然没有抗议，他只是小声说了一句：“你这个坏女人。”

年轻的时候，江一桐喜欢的一个导演说这个世上的人分为好人和坏人两种，好人晚上会睡得安稳，而坏人会更享受醒着的时间。

江一桐不觉得生活是种享受，她只是偶尔一念之间，会觉得活着，真的很孤独。床头上的相框中，妈妈的眼睛里，世事洞察。

2 向日葵的回答

方越接连几天没有出现在书店里，江一桐才知道他家里出了事。方文博离家出走，是在那只叫作肉松的小狗丢失的第二个晚上。

“他平常去的地方都找过了吗？”

爷爷询问方越的妻子，她很少回来，此刻她坐在书店的窗边，哽咽着，断续地告诉爷爷和爸爸肉松像往常一样在便利店门口独自玩耍，等方越想起它来的时候，巷子前后，都不见了它的踪迹。

上晚自习回来的方文博找不到肉松，执意要去外面寻找，方越放心不下，跟他一起找遍了肉松可能去的地方。

站在没有行人和车辆的深夜街头，父子两个人为要不要回家发生了争执，最后在方越的强硬态度下，方文博才低着头跟他回家睡觉。第二天，方越又在街头巷尾更加细致地寻找了一番，还是没有肉松的影子。

当晚，方文博的班主任打来电话，说方文博没有上晚自习，也没有请假，人不知道跑哪儿去了。

方越和班主任一起把学校附近找了一遍，又问了几个平时和方文博要好的同学，都没有什么线索。

“今天都第三天了，也不知道他跑哪儿去了，我们真是要急死了。”方越的妻子看起来有些憔悴，头发随意地扎在脑后，她的脖子修长而光滑，符合一个好舞者的条件。

“这个年纪的男孩子，总有些逆反心理，等他想通了，自己就回来了。”爸爸最近病情反复，说几句话，便有些气力不足。

“姐姐。”

弟弟带着神秘的笑容，他攥紧的拳头慢慢松开，掌心里有一张江一桐上中学时拍的大头照。照片上的江一桐戴着眼镜，呆头呆脑的，一副睡不醒的样子。

“哪儿找到的？”江一桐问。

弟弟指了指门口架子最底下的那堆作业本，他笑嘻嘻地把照片放进自己的衬衫口袋里，用力拍了拍：“姐姐。”

弟弟身上那件廉价的衣服，袖口已经磨白。江一桐想起弟弟小的时候，爸爸给他买回了一件卡其色的牛仔外套，弟弟穿上不到半天，就被几个男孩给弄破了。

“有人打你，你要喊的呀，知不知道？”爸爸用碘酒，把弟弟受了伤的手肘擦成一团紫色。

“他怎么会知道，他傻得还以为别人是在和他玩。”

江一桐的话，爸爸并不爱听，自从知道弟弟和正常的孩子不一样后，家中总是充溢着难堪又陌生的沉默。而江一桐总会抓住时机地打破沉默，以她人生中绝无仅有的“恶毒”攻击着每一个人。

“别这么说你弟弟。”爸爸不会知道，在弟弟被那几个浑小子推倒在地的时候，江一桐正在不远处，站着不动，她看着弟弟的脸贴在地面的尘土里，看着弟弟扬起小手叫着姐姐，然后她摆出一副中立面孔，掉头离开了。

“本来就是。”江一桐嘴上这样说，心里却深知自己撒了谎。弟弟的确不够聪明，但也不是彻底地傻。他辨别得出旁人施加在他身上的是好，还是坏。也正因为如此，江一桐才更加讨厌他，因为他从来都不介意江一桐对他拒之千里的冷淡。

忽然，江一桐想到了方文博可能会去的一个地方，她想要告诉方越的妻子，又担心弄巧成拙，害别人白欢喜一场。

“想不想去看妈妈？”江一桐低声问弟弟。

“嗯。”弟弟点头。

公墓里静谧无声，时针划过三点钟，午后的石碑被阳光揽在怀里，就像一个个垂首等待的人。

“你怎么知道我在这儿？”看到江一桐，方文博吃了一惊，他的背囊里塞了很多东西，鼓鼓囊囊地放在地上。

“猜的。”江一桐倚着背囊坐下，她身体越来越笨重，才怀孕没多久，却觉得整个人比以前沉重许多。

弟弟走上前，指着另一个方向：“妈妈。”

“知道在哪儿吗？”江一桐将包里的两个橘子递给他。

“知道。”

“去吧，别乱跑。”

注视着弟弟沿着石阶，一路跑到公墓的另一侧，江一桐才知道，原来那个女人，和妈妈离得这么近。

“给你爸妈打个电话吧，他们都快急疯了。”江一桐拿出手机。

“不要。”

“那你想怎么样？”

“除非他们找到肉松，不然我就——”

“怎样？再也不回来？还是要去做别的什么大事？”江一桐感觉得出，背后的那个行囊里，塞了不少零食。

“反正不找到肉松，我就不回家。”方文博赌气地回答。

“为了一条狗，就不要你的爸爸妈妈了？”

江一桐的话，令方文博大发脾气，他语无伦次地强调：“肉松是我哥哥留给我的，我哥哥给我的。”

“好好，我懂。”江一桐试图让他平静下来。

“其实，也不是哥哥留给我的，是我从他那里抢来的。”方文博又推翻了自己的话，他打开背囊，将里面的东西一样一样摆到墓碑前面。

几本缺失了封面的漫画书、一些小孩子爱吃的“不健康”零食，还有几把玩具手枪和一把绿色的儿童雨伞。

“你看，这些都是我从哥哥那儿抢来的，他年纪比我大，个子比我高，可是每一次，我都能抢到手。”方文博说起他的哥哥，总是滔滔不绝，任何一丁点的小事，他都记忆犹新，好像是上午才发生的。

“这不奇怪，哥哥总是会让着弟弟的。”江一桐说。

“我爸有没有和你说过，我哥哥是怎么死的？”

“没有，我也没问过。”来到这里，总是不可回避地谈起死亡，江一桐想，每个人在面对亡故的亲人时，不论过去了多少年，总是无法回避地想起他们死亡的瞬间。

“我哥哥死的时候，就是我现在这么大的年纪，那天中午，我们一起带肉松去打预防针，本来是哥哥抱着肉松的，我偏要去抢，肉松跑到了马路上，哥哥去追，他没看见一辆公交车从后面开了过来。”

方文博的手不自觉地在整理墓碑前的东西，声音显得很不自然，江一桐知道他在忍着哭声。

“这是意外。”江一桐只能这样说。

“不，”方文博倔强地昂着头，“是过错，是我的错，如果不是我一定要抱肉松，肉松就不会冲到马路上，如果肉松不跑，哥哥就不会追出去，如果——”

“假设性的如果都是不成立的，”江一桐打断他，“没有如果，你哥哥的死，只是一场交通意外。”

“你还是不懂。”方文博不再说话。

江一桐也不再说什么，她怎么会不懂，有时候，许多不足为道的小事，会轻易地改变人生的轨迹。在妈妈刚去世时，她也不止一次地想过，如果她毕业之后回到家里，如果她对妈妈那时能够有更多一点的耐心，也许妈妈就不会选择死亡。

如果他们所深爱的人还活在这个世界上，那些小事很快就会被忘记，变成日常生活中最不起眼的一个环节被抛在脑后。但是，因为与死亡发生了关联，或者说，不论是对方文博，还是江一桐来说，他们理所当然地将那些可能会改变结局的小事，当作了他们没能抓住的救命稻草，所以，每当想起来，便如鲠在喉。

弟弟轻快地跑了过来，将已经剥皮的橘子放到江一桐手里：“甜的，好吃。”

“不是给妈妈的吗？”

“妈妈已经死了呀，怎么会吃橘子？”弟弟大方地拍拍手，“妈妈说每天都要吃水果，我吃了一个，姐姐，这个你吃。”

“我不吃。”江一桐还给弟弟。

“吃吧，妈妈不是说过吗，吃好吃的，要分给姐姐一半。”弟弟说得没错，那个女人的确常这么说。

看着手里的橘子，江一桐不得不公正地承认，那个女人脾气温和，家务做得也还可以，重要的是，爸爸和她在一起时，更像一个丈夫。

“你知道吗，”江一桐这句话是对方文博说的，“你哥哥已经死了，这件事并不只有你一个人难过。”

江一桐不顾方文博有些愤怒的目光，她吃力地站起来，牵着弟弟的手走下斜坡。“如果你再不回家，你爸妈会更难过，”江一桐回头，将目光投向方文博，“这个假设性，是完全成立的。”

回去的途中，下起了小雨。弟弟将头伸到车窗外，张大了嘴巴呼吸，方文博把他拽了回来：“会着凉的。”

“肉松会找到吗？”弟弟问。

“我不知道。”方文博怀里紧紧抱着那个背囊，里面装着他之前在公墓里掏出来的全部东西。

“找不到，也是没有办法的事情。”弟弟拥有和爸爸一模一样的口吻，那种近似于认命的态度，令江一桐感到惊讶。

夜里，江一桐发起了低烧，她把自己埋在厚重的棉被下，昏昏沉沉地躺着，睡不安稳，一直半梦半醒中。

“都是要当妈妈的人了，还这么不会照顾自己。”

萧然捧着一碗热汤进屋。江一桐半卧着，接过那碗汤慢慢吹凉，有药材甘苦的气味，是爷爷熬的。

“孕妇的抵抗力本来就弱一些。”

“这个孩子的爸爸——知道你要把孩子生下来吗？”萧然像是鼓足了很大的勇气，才问出口。

“不知道。”

“那你为什么要这么做？养大一个孩子，是很不容易的。”

“这世上没什么事情是容易的。”

江一桐将碗还给萧然，侧身躺下了，她听到萧然打开房门，却迟迟没有走出去。就在江一桐快要睡着时，听到一个不确定的声音：“我可以帮你，如果你需要的话。”

“不需要。”在那声音还没有落下之前，江一桐丢出了简单的三个字。她彻底放松自己，让身体沉进柔软的被褥里，意识很快模糊起来。

如果将人生比作一场长跑赛事，江一桐认为自己应该是跑过了一半的赛程。在这二分之一的人生中，她遇到了一些令她心动或者对她心动的男人，她不是独身主义者，所以邂逅到爱情，她从不抗拒。

只是这些男人，都无一例外地逐一离开了她的跑道，其中就包括她现在肚子里孩子的亲生父亲——老高。

老高是一个画家，有一间自己的画室，平时也会对外招收学生，来学画的大多是一些事业有成、想要凸显品味的女性。

江一桐第一次去老高的画室时，老高正站在一块画板后面，认真地作画。他周围簇拥了几个“醉翁之意不在酒”的学生，她们看着画板的时间，不及她们盯着老高脸颊轮廓的十分之一长。

“我要学画。”江一桐突兀地发声，打破了画室里暗自汹涌的暧昧浪潮。

“哦，”老高事务性地抬头看了一眼，“左转第一间屋子交费，那里有课程表，你可以自己选。”

江一桐交完钱后，画室里已经没什么人了，只留下一地斑斓的颜料，还有老高那幅画了一半的画。

那天没有阳光，天气阴沉，江一桐站在那幅没有完成的画作前，被深深地吸引。几朵盛开的向日葵，恣意夸张地挺立在画纸上，明亮的黄色，闪耀着夺目的光，令江一桐忍不住想要捂住眼睛。

“喜欢吗？想要的话，我可以卖便宜一点。”老高身上裹着辛辣的烟草气味，礼貌地看着江一桐。

“我考虑一下。”

说完，江一桐就转身离开了画室，虽然她没有回头，但是她知道老高注视着她的背影，很久没有移开视线。

和老高在一起后，那幅向日葵的画被江一桐裱起来，挂在了卧室的墙壁上，每晚睡前，她都能看得到。

老高没有过问江一桐为什么这么喜欢这幅画，他只是不停地作画，然后以高低不等的价格卖给他的学生。

“你今年多大了？”一天夜里，江一桐心血来潮问起了老高的年龄。

“五十一，或者五十三，谁记得清——”

“老天，你都这么老了！”

江一桐惊呼，她一直以为身边的这个男人顶多四十岁，却没想到已经到了和自己爸爸一般的年纪。

“干吗这么惊讶，我又没让你给我养老送终。”老高有些不开心。

“对不起，我以为男人不会介意自己的年纪。”

“不是介意，算了，不说了，睡觉吧。”老高按下开关，卧室陷入一片寂静的黑暗之中，那是他们第一次闹得不愉快。

第二次则是因为罗嘉，因为一个医学什么会议，罗嘉来到了上海，他给江一桐打电话，希望能够一起吃顿晚饭。

那顿晚饭，江一桐带着老高一同出席。罗嘉还算是表现出了相当的涵养，没有指着老高的鼻子质问江一桐找这样一个年过半百的男人是几个意思。一顿饭吃得十分别扭，江一桐一度想要拍桌子走人。

“我去下洗手间，你们慢用。”老高识趣地起身，将尴尬到凝固的空间，留给他们两个人。

“这就是你想要的生活？”罗嘉放下刀叉。

“如果你想点评，可以闭嘴了。”江一桐也瞪起了眼睛，装了一晚上的优雅 lady，她累得脑子都抽筋了。

“你是在胡闹，和一个没有正当职业的老男人鬼混在一起，就是你所谓的这几年在这里过的安稳日子？”

“安不安稳，我自己心里有数，你管不着。”

唇枪舌剑，他们两个人像一对人到中年、婚姻失效的疲惫夫妻。一直吵到餐厅快要关门，老高还没现身。

“这是一位先生让我交给你的。”侍应生将一张卡片交给江一桐。

是老高写的，他说自己有事先走了，还说晚上的牛肉有点硬，不是很适合他老年人的胃口。

“你看，都被你搞砸了。”江一桐怒气冲冲。

“服务员，买单。”罗嘉盛怒之下，还是没忘记不让女士付账的道理。

回到家后，江一桐发现老高把自己的东西都打包收拾走了，手机里收到了老高发来的短信：“好好考虑一下你朋友的话。深圳有个画展，邀请我出席，我得离开几天。哦，对了，卧室的那幅画我也带走了，毕竟，你还没付钱。”

第二天一大早，江一桐被罗嘉的电话吵醒。

“对不起，昨晚我有点过分了。”

“嗯，没什么，我已经忘了。”江一桐困得要命，只想赶快结束通话，好再睡一会儿。

“你男朋友没有和你生气吧？如果你们因为我而吵架，我可以解释的，真的——”

“没有，”江一桐知道自己无法再入睡了，干脆从床上下来，“我们很好，他现在，”江一桐回头，看了一眼空落落的墙壁，笑着说，“正在给我做早餐。”

“那就好。”

不知道为什么，江一桐觉得罗嘉有些怅然若失。她拉开了窗帘，阳光倾泻而入，将她笼罩在一片祥和之中。

“一桐，”罗嘉道别，“我要上飞机了，你——不论怎样，好好生活。”

“好，知道了。”

江一桐立在窗口，看着微尘在晃眼的日光中舞动，她身后的墙壁上，流淌着辉煌的光影，比原先挂在那里的那幅向日葵，看起来还要让人为之惊艳。

“一桐——”

“一桐——”

罗嘉的声音从梦里，延伸到梦外。于是，江一桐知道关于往日的追逝又要告一段落了。她睁开眼睛，看到了罗嘉担忧而又饱含深情的脸孔。

“你怎么来了？”

“你爸爸今天要回医院再接受治疗，他说你生病了，所以，我来接他，你安心休息，行吗？”

“是今天吗？”江一桐有点羞愧，“我忘记了。”

“没关系，我看了一下，你退烧了，气色也还好，多卧床休息几天就没事了，你爸爸那边，我会照顾的。”

罗嘉坐在床沿上，因为尽量压低了声音说话，他半个身子几乎都压在了江一桐身上。看着他撑在自己身体两侧的手臂，江一桐想到了大厦将倾之前岌岌可危的样子，她有些走神地想象，自己身处在一片瓦砾之上，而罗嘉就是那幢随时会坍塌的危楼，与她一起在扬起的漫天灰尘中化身粉末。

“给你添麻烦了。”

“我愿意。”罗嘉又露出十七岁时的神情。

江一桐和罗嘉一起下楼，爸爸已经收拾妥当了，爷爷还在不停地问他这件衣服要不要带，那个杯子要不要拿。

“我是去住院，又不是去出差。”爸爸死死捏着皮包的拉链，不让爷爷继续往里面塞东西。

“是啊，爷爷，只是去做个简单的检查，过几天就可以回家了。”

罗嘉走上前。

“上次也说过几天，还不是一待就是一个多月？”爷爷拉起弟弟的手，走到门口，做出不予信任的样子。

“这不是挺好吗？省得我们待一起就吵个不停。”爸爸不自然地催促江一桐，“我得快点走了，罗医生还有好多工作呢。”

爸爸坐上车后，爷爷想到什么似的快步走上前问：“你的药盒还没拿，是蓝色的，还是白色的？”

“医院里不需要那个了。”爸爸在车窗口使劲摆了摆手，然后对江一桐点点头，江一桐将此理解为：家里靠你了。

一整个上午，爷爷都没怎么说话。

弟弟坐在爸爸的那张护理床上问：“爷爷，爸爸怎么又生病了？”

“不是又，是上一次的病还没治好。”

“会好吗？”

“会呀，生了病，去看医生，都会好的。”爷爷摘下老花镜，认真地和弟弟面对面地说话。

“那怎么还会有人死去？”

“人老了，就会死，这是规律，我这么老，说不好哪天就死了。”

“那爸爸什么时候会死？”

“可能，到我这个年纪的时候吧。”

爷爷不知道在想什么，不知道是在想自己死亡的时候，还是在想爸爸死亡的时候，他看过几十年的眼睛里，万物混沌。

“那妈妈为什么已经死了呢？”

“因为规律也总有出现意外的时候，就像你的妈妈，就像姐姐的妈妈。”

“听不懂。”弟弟糊涂了。

“爷爷比爸爸先死，就是规律，如果爸爸比爷爷先死，就是意外。明白了吗？”爷爷难得地露出了笑容，大约认定了这个意外是不会降临的。

“一安，爷爷要吃药了，来帮爷爷倒水。”江一桐不想弟弟再继续这个话题了。

弟弟从屋里跑出来，接过水杯。

“姐姐，什么是意外？”

“就是我们都不希望发生的事情。”江一桐说。

爷爷盯着面前的两个药盒，又迟疑起来，他问江一桐：“我是哪个颜色？”

“白色的。”

“哦。”

“吃药吧。”江一桐把水杯放到爷爷手边。

爷爷的手掌覆盖在狭窄的杯口上，无法排出的热气在透明的杯壁上形成薄薄的雾气，他无力地看着江一桐，在他的眼中，江一桐看到有金黄色的烟雾飘动，不过，转眼之间就消失不见了。

又一次想起了老高画的那幅向日葵，江一桐想通了当时她为什么会被迷住，因为那幅画里，氤氲了无法言喻的悲剧，就像一个即将崩坏的宇宙，就像，此时。

3 秘密花园

萧然和悄悄相谈甚欢，他们坐在书店门前的台阶上，时而大笑，时而又严肃认真地恳谈着什么。

“肉松有消息了吗？”

江一桐把空调的温度调高了一些，最近大风降温，不论穿多少，都觉得周身的血液无法暖和起来。

“八成是被人捉走了，我听另一个丢狗的人说，这段时间许多打狗的人，把捉来的狗卖到狗肉店。”

“怎么这么坏？”

“怪我大意了，”方越使劲搓着自己的脸，“儿子最喜欢的狗被我弄丢了，他怪我，也没什么可说的。”

“我觉得他也不是在怪你，他只是觉得对不起自己的哥哥，给他点时间，他自己会想通的。”

“你知道他们两个的事了？”

“在公墓的时候听文博说了一点，关于他哥哥的那场意外。”

江一桐看到萧然挽起裤脚，手舞足蹈地在悄悄面前说着什么，悄悄激动地使劲拍手，两个人挨得很近。

方越认同地说道：“是啊，那是一场意外，就发生在我们一家人面前。”

方家两兄弟打打闹闹地从巷子里出来时，方越和妻子正在马路对面等红绿灯，看到充满活力和朝气的两个儿子就在对面，他们还没来得及给彼此一个“家有小儿初长成”的欣慰笑容，就被那场从天而降的意外所碾压。

意外发生之后，方越的妻子越来越无法忍受便利店周遭的一切，方越能够理解她，只要待在这里，那些伤心的记忆就全都盘踞在脑海里，他知道，妻子永远不可能忘记儿子在她面前被撞飞的那一幕。

方越的妻子提出搬家，每天经过儿子出事的那条马路，让她无法承受。可是方文博不同意，他要守着这条马路，分秒不漏地提醒自己，哥哥本可以不用死的。

后来，方越想出了折中的办法，妻子住进了自己的舞蹈工作室，而他为了方文博，将原本要关掉的便利店继续开了下去。

“在外人看来，我只死了一个儿子，可是只有我知道，我失去的，是整个家。”方越在这个晚上毫无睡意，反刍着自己的前半生，无法释怀。

快半夜的时候，突然下起了大雨。江一桐把目光从书上移到了窗外，夜幕下的巷子就像一条河道，雨点猛烈地打在地上，积水形成无数个小小的水坑，书店门外的灯光投射在水坑里，令它们有些流光溢彩。

“还不休息？”萧然缩着脖子走进来。

“我去休息，谁来看店？”

“我只离开了一小会儿，送悄悄回家去，再说，这种天气，不会再有客人的。”萧然将窗帘拉上，整间屋子与外面的风雨完全隔绝。

“悄悄只是个十五岁的小女孩。”江一桐将重音放在了“十五”上面。

萧然摇摇头：“她上学早一年，比班上孩子都小一岁，十四岁生日还没过呢。”

“她还只是个孩子。”

“那又怎么了？”萧然明白了什么，脸上的笑冷了下来，“你以后有什么话尽可以直说，我是没读过几本书，不过话外之音，我听得出来。”

“对不起，如果我冒犯了你，我向你道歉。”江一桐尽量心平气和，她不想把爷爷和刚入睡的方越吵醒，“我是想说——”

“你是想警告我，别招惹你身边的人，离他们远一点。”

萧然就像一头发怒的小兽，径自在地板上转圈。江一桐没有说话，因为她的确是如萧然所说的那样想的。

尽管萧然的经历令人同情，但一个人的过去太过复杂，总归会对当下的生活有所影响。江一桐愿意帮助他，但不愿意接纳他。

“我没有别的意思。”江一桐再次道歉。

“行了吧，你就是看不起我。”

“不是看不起，是看不透。”江一桐说完，就起身上二楼去休息，留下瞠目结舌的萧然在身后。

爸爸开始了新一轮的治疗，每天除了进行放疗，还服用了一种昂贵的药，药的副作用很大，爸爸的脸上、手上长满了水疱。

“小时候没得过水痘，如今老了，倒是出了一脑门的水痘。”爸爸打量着镜子里的自己，轻轻用手指按压脸上那些透明的水疱。

“过几天结痂就好了，能长出水疱，说明药在你的身体里起作用了，是好事。”江一桐指着药盒上的说明解释。

“我这个状况，哪还能有什么好事？挨日子罢了。”爸爸看着江一桐隆起的小腹，又说道，“不过，能挨到明年夏天，也是好事。”

“可不是好事吗？家里老少同堂，最是有福气的事情了。”爸爸的护工在一旁接话。护工是一个四十岁出头的矮个子男人，样子虽然看起来骁悍，但做事很仔细，为人也十分平和。

他照顾爸爸的时候，常会和爸爸说一些他照顾过的其他病人的事情，不论是病愈出院的，还是在医院里逝世的，那些人，在他的转述中，都鲜活无比，宛如这个世界的刻度，在时间的灯塔上永远铭刻。

“老常，以后给别人讲我的时候，把我讲得好一些。”爸爸这样要求过。

“江师傅，我的故事还多着呢，没给你讲完，我不会去给别人讲的。”

“行啊，那我就听你慢慢讲。”

爸爸和他的护工之间的关系既开放，又自在，他们相处的时候，可以好几个小时不说一句话，也可以就一个话题，聊个不停。

有这样的人照顾爸爸，到自己生产之后，应该是可以放心的。江一桐对这位姓常的护工充满感念。

“你爷爷没有怀疑什么吧？”爸爸问。

“没有，只是说你又把医院当成家，住下不走了。”

江一桐本想把爷爷房间里那张护理床先收拾起来，这样可以腾出一些空间，看起来不会那么局促。但是爷爷不肯，他说拆掉再组装太麻烦，不让江一桐费事了。

爷爷是在等着爸爸回家，大约他觉得那张床，爸爸很快就会用得上。

“你别总往医院跑了，你现在这身体也不方便，再说爷爷和弟弟身边，也得有人看着。我在这儿挺好的，真的。”

爸爸总是在江一桐来医院十分钟后，就开始让她回去。江一桐说不出为什么，她和爸爸总是不能平和地待在一起，不是针锋相对，就是无话可说。

“44 床的家属，去交一下费。”护士这时进来。

“我给你卡。”爸爸探出胳膊，想要去拿放在床头的包。

“不用了。”江一桐站起身向病房外走，爸爸的声音追在她身后，急切地希望她把自己的银行卡收下。

“等下交完费，我就不上来了，直接回家了，你有什么需要给我打电话，或者找罗嘉也行。”

江一桐一口气说完这些，她特别害怕爸爸想要热情回报她的时刻，她觉得那是很辛苦的事情，辛苦到令人直不起腰。

“谢……谢谢你。”

爸爸羞赧的口头报答，令老常乐开了怀，他说自己家女儿给亲爹掏医药费不是天经地义的吗，哪还用得着这么客气？

“我这病，花销太大了。”爸爸解释。

“那也用不着和亲闺女客气，一家人，干吗要说两家话呢？”

江一桐觉得老常就是上天派来的天使，爸爸的像煞有介事，总会在老常一副大可不必如此的腔调下偃旗息鼓，避免了许多的尴尬。

寻常家庭的许多“理所应当”，在江一桐和爸爸之间，变得困难重重。

在医院一楼大厅排队缴费时，江一桐看到了一个熟悉的身影，埋头站在墙角一棵枝叶散乱的橡皮树前。

“小牧，来探望病人的吗？”江一桐觉得，还是主动打个招呼会比较好，不然爷爷知道了又会说她没有人情味。

“不，对，来看病人。”小牧似乎有些错乱，但江一桐也没有深究，她从不会主动找话去说。

“那我先走了。”

“等一下，等——”小牧又追上来几步，“能不能借我点钱？”

“多少？”

小牧伸出手掌，五根指头微微伸了伸，又很快放了下去，他抱歉地说算了，就匆匆离开了。

吃过晚饭，江一桐说起了小牧在医院的古怪举动，爷爷俨然知晓其中的缘故，他恍然地仰起头：“是要给女儿凑手术费吧？”

“那可不是个小数目，他就算借也没办法凑齐啊。”方越这几天都会早早来到书店，学校快放假了，方文博正在全力准备期末考试。

“即便是做了手术，脸也不可能恢复到原来的样子，孩子还要承受更多的痛苦。”萧然也了解得比江一桐清楚。

“婷婷，要变漂亮。”就连弟弟都能插上话。

江一桐看着面前的四个人在一起，就像在做电视上的访谈节目，气氛融洽地为小牧的事情犯难。

“他女儿的脸，为什么会变成那样？”江一桐以为只有自己知道的秘密，其实早已是众人皆知的事实，她也只得放开自己的好奇心了。

“你不知道吗？”爷爷皱起眉头。

“她怎么会知道呢。”方越把腿伸进睡袋里，调整了一个舒服的姿势。

“这你都不知道？”萧然夸张地张大嘴巴，弟弟在一旁笑个不停，然后这几个男人都受感染似的笑了起来。

等他们笑过恢复平静后，江一桐才得知原来那个不起眼的小牧，曾是一名无数次穿越火海的消防员。

小牧救过许多人，有被烟雾呛晕在火场里的老人，有吓到无法站立的女人，还有受了重伤的大块头男人。这些人，小牧都无一例外地将他们救出火海，但是当他的女儿被大火包围时，他却远在千里之外，鞭长莫及。

两年前的春节，女儿婷婷被小牧送到乡下老家过年，他担心自己工作繁多，不想婷婷在过年的时候，还是孤零零一个人在家里和布娃娃玩。

小牧的妻子和婷婷回到乡下的第二天，小牧接到了电话，一场大火，把他的妻子和女儿烧成了重伤。在送往医院的途中，小牧的妻子就停止了呼吸，而他的女儿虽然活了下来，却变成了现在这个样子。

“怎么会起火的呢？”江一桐想到那晚，小牧怀里那个小女孩乖巧懂事的样子，觉得好不公平。

方越说是电线老化造成的短路引起的火灾，因为是在夜里，所以发现的时候，火势已经不可阻挡。爷爷说是因为放鞭炮引起的火灾，萧然又说是因为小孩子玩火才造成了意外。

他们各自得来的不同消息，无法确定火灾的源头，但他们都知道小牧在火灾之后，离开了消防队，卖掉了家里的房子，带着婷婷搬来了这里。

女儿背负一生的伤疤，还有对妻子负疚的心理，一定夜夜折磨着小牧。江一桐想他躲到了这里，大约是希望之前没有告诉别人的那段往事，能够一点一滴地在岁月里销声匿迹。但是他怎么会想到，人们就是有这样一种能力，可以凭着一点点的蛛丝马迹，捕捉到那些隐藏在过去岁月中的线索，然后拼凑成一幅接近完整的图案。

几天后的夜里，小牧独自走进书店。他被门口架子上的书吸引，目光停留在那些童话书上。

“可以借阅的。”江一桐见到小牧，就会想起那个叫婷婷的可怜女孩，由于这个原因，她没办法对小牧冷落。

“我建议你还是带她来书店，我可以陪她玩儿，保证不会吓到她。”萧然拱起脊背，神态丰富。

“好哇。”小牧拍拍萧然的肩，对江一桐继续保持着礼貌的微笑。

“别说话，让我猜猜你现在在想什么。”在小牧认真挑选童话书的时候，萧然低声对江一桐说，“在羡慕我的好人缘对不对？”

与陌生的人迅速地熟络起来，的确是一种难得的才能，起码江一桐是这样认为的。自从萧然来到书店后，书店里多了一些热闹的氛围，他总是能挥洒自如地切换话题，就连喜欢安静的爷爷，也会因为和他聊天而故意忘记上床睡觉的时间。

“我上楼休息了，别偷懒。”江一桐出门时，与悄悄迎面相遇。

“今天的数学测验题简直难到变态。”这句话当然不是对江一桐说的，悄悄径直走到萧然面前。

在楼上时，江一桐能听到偶尔从地板下传来几声愉悦的欢笑，这妙趣横生的时刻与她全无关系。

如果妈妈在就好了，江一桐想，那么她就不会在莫名其妙的时光中，弄丢了自己妙趣横生的人生。

睡了一觉醒来，天边有灰蒙蒙的云。江一桐打开窗户，看到萧然和悄悄站在书店外，悄悄好像在哭，萧然摸着她的头顶，就像在爱抚一只乖巧的小动物。

东边的天空以不可阻挡的速度亮了起来，镶着金边的太阳无法压制地从地平线上一跃而出，就在它用光芒泽被大地时，江一桐看到萧然延伸而上的目光，定格在她脸上。

爷爷吃过早饭后，带着弟弟去巷子外的牙科诊所拔蛀牙。江一桐烧了一壶开水，在厨房小小的水池边洗头，当她顶着湿漉漉的头发清理布满水渍的地板时，萧然将她小心翼翼地搀到了干燥的地方。

“滑倒了怎么办？”萧然将地上的长发团成一团，丢进了垃圾桶。

“你怎么来了？”

萧然很少在白天的时候来书店。江一桐的发梢滴着水滴，萧然用毛巾把她的整个头包住，手掌在她的头顶轻轻揉搓，动作说不上不怀好意，又似乎带有目的性。

“悄悄哭，不是因为我，是因为她父母要带她离开这里，她舍不得外婆。”因为被毛巾包裹着，萧然的声音传到江一桐的耳朵里有些走样。

“我并没有想打听你们之间的秘密。”

“可是你在介意我会不会带坏你弟弟的朋友，对，介意而已。你只是觉得到时候会无法给出交代，因为我是你留在书店的，而不是因为你真的关心那个女孩，你从不关心任何人，大家都知道。”

萧然单调的声音在江一桐耳边“嗡嗡”作响，他没有停下来的意思，也没有等待江一桐反驳的意思。

“你从不关心别人，也拒绝别人对你的关照，你爸爸快死了，你给他找最好的医生，吃最贵的药，可是你有没有想过，你爸爸需要的到底是什么？既然你回来了，为什么不能给自己一个机会呢？你不知道你爸爸这些年，多希望你回家。”

“我不知道，他从没说过。”

“那是因为你从来没给过他这个机会。”

整个上午，萧然说了许多，仿佛他才是书店的主人，客人们的心事，他都了解。江一桐从没想过，几乎每天都在书店见面的人，会有那么多的故事。

“真没想到。”江一桐说。

“知道自己不是最惨的那一个，是不是有种放松的感觉？”

“你怎么——会知道这么多？”江一桐甚至都没有看到过萧然同他们有过多长时间的接触。

“可能，我们都是同类人，命运赌桌上的输家，大家惺惺相惜吧。”萧然的玩笑并没有逗笑江一桐，他正色说道，“生活不是一个人就可以继续的，你是不是一直以为你爸爸叫你回家，只是为了收拾他死后的烂摊子？其实他是想你了，这么多年，他一直在思念你，而你一直在把他的思念隔绝在外。”

“我不知道，我不知道。”江一桐离开家的这十年，以高速运转的效率在各处生存，北京、上海、深圳、伦敦、纽约……她数不清自己走过多少城市，也记不住自己做了多少份工作，就像一只风车，她极富成效地将风力转化为电力，她赚到了足够丰厚的钱，但是她并不想停下来，因为无处可以依托。

“你知道的，只要你想，你就会知道的。”萧然肯定地说道。他的眼神中，有江一桐不敢直视的东西，是勇气。

“好疼啊，爷爷骗人。”

“我从没说过拔牙不疼的话。”

“你说过。”

“没有。”

“爷爷骗人，我要去告诉姐姐。”

“姐姐小时候拔牙，可没你这么娇气，一声都没哭过。”

“真的？”

“当然。”

弟弟和爷爷的声音传来，他们谈论着牙齿健康的问题，也提到了江一桐。他们走得很慢，慢到江一桐有充足的时间回忆，她小时候和爷爷去拔牙的经历。

似乎是比弟弟还要小一些的年纪，江一桐被爷爷“捉住”，带去了牙医那里，她记得自己哭得很厉害，在回家的路上，她央求爷爷帮她保密，不许对任何人说自己因为拔牙而哭到嗓子都哑了。

“好吧。”爷爷漫不经心地答应。

“你发誓。”江一桐大叫。

“我不和任何人说。”爷爷再一次保证。

喉咙忽然有些发紧，江一桐掩饰地拿过杯子，想要随着温暾的液体，一起将回忆吞回去，却发现杯子里没有一滴水。

“你怎么了？”萧然问。

“你说得对，我应该给自己一个机会。”

江一桐说完，爷爷走进了书店。他摘下帽子，慢吞吞地脱下外套，又很仔细地将外套折叠，放到椅子上。

弟弟冲到江一桐面前：“姐姐，你拔牙的时候，真的不哭吗？”

“嗯。”

“好厉害。”弟弟瞪大了眼睛。

爷爷紧紧抿着嘴巴，看着江一桐，那副我没有把秘密告诉任何人的样子，令江一桐感到时间在这一刻似乎回到了她和这个家还紧紧相依的年月。

4 雪色浪漫

悄悄来书店的次数频繁起来，和弟弟说着话，总会问到相同的问题：“一安，我走了，你会想我吗？”

“会呀。”弟弟痛快地回答。

“那你会给我写信吗？”

“为什么要给你写信？”

“因为你想我呀。”

“哦。”弟弟不置可否地低下头，继续看着膝盖上那本摊开的读了一大半的书。

“我会提醒他给你写信的。”江一桐突然开口。悄悄大约没有料到她会讲话，一时有些不知该说些什么。

萧然的爸爸摔了一跤，要在医院观察几天，萧然最近请了假，在医院照顾。

书店里没有其他的客人，就连常住在这里的方越，也因为有事几天没有出现在书店里。似乎大家都心有灵犀，随着萧然的不出现，都悄声隐没。

“不知道北京的冬天什么样，冷不冷？”悄悄自言自语。

萧然说悄悄的父母都在北京工作，一年的时间里，悄悄只有寒暑假才能见到他们。悄悄不喜欢和她的父母待在一起，虽然她很想他们。

“很冷，很干燥，人很多，也很忙，有时候会下很大的雪，有的时候，一整个冬天，也看不到一片雪花。”

江一桐的第一个孩子，就是在北京失去的。那时候，她意外怀孕了，她当时的男友看着验孕棒上两道醒目的红线，愁绪满怀地问怎么办。

“要生下来的话，得结婚吧？”

江一桐的自问自答，令男友慌了神，他为江一桐详尽罗列了在北京养大一个孩子的成本代价，他用到了代价这个词，他说亲爱的，我们养不起。

“可是这个世上每天都有人在生孩子。”

“我们现在没房没车，没积蓄，总不能把孩子生在出租屋里吧，我们不能给孩子这样不稳定的生活，我们还没准备好要一个孩子的生活。”

男友的话听起来很有道理，那时候他们除了彼此，一无所有。在北京这座城市里，他们必须轻装前行，抛弃一切拖慢他们脚步的负担，比如孩子。

“你去过北京？那你觉得那儿怎么样？”悄悄问。

“很大，很无情。”江一桐又说道，“不过，没关系，你还小，可以慢慢适应。”

“我又想去北京，又不想去。”悄悄矛盾地说，“我也想和别的同学一样，每天有爸妈陪在身边，可是我又舍不得外婆，我怕她一个人会哭，你有外婆吗？”

“没有，她死了。”

江一桐的外公和外婆在她上高中时相继去世，他们是一对很好的老人，一辈子相亲相爱。

“真难过，我不能想象我外婆会死。”悄悄仿佛要哭出来，“为什么爸爸和妈妈一定要去北京？去那么远的地方？他们说是为了我好，为了给我更好的生活。好的生活不是应该一家人在一起吗？为什么过好的生活，一定要离开外婆、离开一安呢？”

这些问题，江一桐无法回答，在她把第一个孩子做了人流后，便和男友提出了分手。男友委屈不解：“我是为了我们将来能过上更好的生活考虑。”

“我妈说以未来做借口而不要孩子的男人，都是王八蛋。”江一桐平静地看着眉清目秀的男友，她的手指最后一次抚摸男友高挺的鼻梁、弧度恰到好处的下巴。

“可是我爱你，很爱你。”男友试图挽留。

“别这么说，我们所有人，都只是更爱自己的人。”江一桐的食指轻轻按在男友的唇上。他们的关系就此结束。

“你在想什么？”悄悄打断了江一桐的思绪。

“这个季节，北京应该下雪了。”

每当下雪的时候，交通就会变得万分迟缓，所有人都焦躁不安，担心迟到，担心被罚钱，担心他们自己也不知道会如何发展的明天。

不知道自己那个怯懦又好看的男友，有没有准备好他筹划的生活，对此，江一桐是持悲观态度的，因为她觉得北京是一座让人永远也无法准备好的城市。

“真的？太棒了，我还没见过雪呢，咱们这里冬天又湿又冷，除了下雨就是刮风，人都快要长绿毛了。”

悄悄向往地探头望向窗外，好像透过玻璃，就能看到梦幻的茫茫雪景。

江一桐在心里叹气，到底是小孩子，一场想象中的大雪，足以抵消现实中的万般离愁别绪。

“我做了个梦。”

清早，爷爷喋喋不休地说他的梦境，他提到了大海，提到了龙卷风，还提到了江一桐的妈妈。

“她站在沙滩上，看着龙卷风渐渐向她逼近，可是她特别平静，似乎还露出了微笑。”爷爷认为他的梦一定有着某种预示，他苦恼地思索着。

江一桐听到爷爷想开了的声音：“她是想提醒我，很长时间没有去看她了。”

“你常去看妈妈吗？”

“也不算常去了，偶尔去看一看，会有种所有事情都做到了的感觉。”爷爷一边做着简单的挥臂动作锻炼，一边说。

“今天天气还不错，下午的时候，我们一起去吧？”

“好吧，我去准备一下。”爷爷默默从椅子上站起来，走出巷子，好半天才拎着一个牛皮纸袋回来。

下午出发前，江一桐请方越照顾弟弟。

“难得看到你们一起出门，”方越活泼地朝坐在面包车里的爷爷挥挥手，“玩儿得开心点啊。”

“我们去扫墓。”爷爷面无表情地说。

“这个，”方越挠挠后脑勺，“代我问好。”

去公墓的路上，因为有些反胃恶心，江一桐停车，蹲在路边的草丛里吐了两回。爷爷有些担心：“既然不舒服，就应该在家里休息呀。”

“没什么，不知道怎么突然这样。”

“是孩子在和你交流呢。”

“什么？”

“孩子想了解自己的妈妈，又没办法立刻从肚子里跑出来见面，就在你的肚子里搞点小动作，提醒你关注。”

爷爷说的话听起来很有趣。江一桐轻轻抚摸肚子，想到自己似乎真的很少和这个孩子互动。

“宝宝，听到了吗？”

江一桐浅浅地叫了几声，身体里风平浪静，看来爷爷的话虽然有趣，也没有什么科学的依据。

“这个呀，也是你妈妈以前说过的，我想她如果还在家里，一定能比我们把你照顾得更好。”

和爷爷断续地聊着，公墓很快到了。冬天的墓地看起来更凄凉一些，景物虽然没有什么明显的变化，但人走到里面，总觉得内心寒冷。

因为有一段上坡路，爷爷走得有些吃力，到底是九十岁高龄的老人，沿途停下歇了两三次才走到。

站在妈妈墓碑前，江一桐把四周的杂草简单拔了拔。爷爷从牛皮纸袋里拿出一束鲜花，和江一桐第一次来看妈妈时，在墓碑前看到的那束花一模一样。

“不知道你喜不喜欢——”爷爷说着，把花放到了墓碑前。

对于妈妈，爷爷大概一直是怀有歉疚的心情的。他不止一次地说过，妈妈如果没有嫁给爸爸，当了医院的副院长也说不定。

“妈妈，我和爷爷来看你了。”江一桐将胎儿的彩超照片拿出来，“你看，你快要当外婆了。”

“你放心，我会好好照顾一桐、照顾他的，你放心。”爷爷口中的他，指的应该是爸爸。江一桐不禁想到，爸爸死后，是要和妈妈葬在一起，还是和那个女人葬在一起呢？依照爸爸的意思，大概是不会想和妈妈葬在一起的，但这种事情，到时候可由不得他自己做主了。想一想，江一桐觉得人生到头来，真是滑稽。

“我去看一个老朋友。”爷爷拎着牛皮纸袋朝斜上坡的方向走去。

“妈妈，上次忘记了，这次我带来你最喜欢的诗集，我读给你听吧。”江一桐拿出狄金森的诗集，选了几首妈妈生前常朗诵的读。

我的生命结束前已结束过两次，
它还要等着看，
永恒是否会向我展示，
第三次事件，
像前两次一样重大，
一样，令人心灰望绝。
离别，是我们对天堂体验的全部，
对地狱短缺的一切。

这位女诗人在二十五岁之后就杜绝了所有的社交往来，在孤独中写诗，她一辈子没有嫁人，只与诗歌做伴。

她的诗被世界上无数的人推崇，人们折服于她的才华，为她一生的创作成果所叹服。但在江一桐看来，她只不过是一个灵魂寂寞的普通女人。

在许多的夜里，江一桐反复读着她的诗，心里不停地想念着妈妈。通过那些诗句，她觉得自己和妈妈在过去的某个时空重新建立了联系，一种隐秘而悲伤的关联。

看到爷爷蹒跚着朝自己这个方向走来，江一桐将诗集翻到最后一页，她默默地在心里读给妈妈听："如果记住就是忘却，我将不再回忆。如果忘却就是记住，我多么接近于忘却。如果相思，是娱乐，而哀悼，是喜悦，那些手指何等欢快，今天，采撷到了这些。"

江一桐庆幸，自己把孩子留了下来，给了自己过另外一种生活的可能。她抚摸着冰凉而光滑的墓碑，对妈妈说："妈妈，我决定原谅这一切了，包括自己，这也是你一直希望的，是不是？"

萧然的爸爸走进书店时，江一桐正在和方越聊着自己的孩子生下来要不要请保姆的问题。

"听说，这里晚上有免费的茶饮？"萧然的爸爸问。

萧然一边搀着他爸爸，一边给江一桐使眼色。

"是啊，请进吧。"江一桐还是第一次见到萧然的爸爸，老人懒洋洋地在椅子上坐下，随遇而安的神态，令江一桐明白了萧然骨子里带着的懒散劲头是怎么来的。

“先来杯碧螺春。”萧然爸爸把自己受伤的那条腿伸直。他个子不是很高，身体很宽厚，手掌也是又大又厚。

“他腿还没完全好，让他一个人待着，我实在不放心，就把他带来了，我保证，他只喝茶，不捣乱。”

萧然跟在江一桐身后小声解释，拜托江一桐千万不要把他爸爸赶出去。

“自从你来了，书店是越来越热闹了。”方越打趣。

“我招财吧。”萧然当作是在夸他。

“小萧。”萧然爸爸叫起来。

“怎么了，老萧？”

“这茶叶不行啊，是去年的陈茶。你看，你闻。”萧然爸爸虽然尽量在控制音量，但声音还是清晰地被江一桐尽收耳朵里。

“免费，免费的，你看会儿书。”萧然随手把一本《安徒生童话》塞到他爸爸手里，安抚地拍拍他爸爸的背。

江一桐给萧然使了个眼色，把他叫到了书店外面。

“你爸爸一点都认不出你了？”

“好像吧，他一会儿糊涂，一会儿清醒的，记得自己有个儿子，可是想不起儿子在哪儿了。”萧然不时回头看看低头看书的老人。

“那你现在是谁？”

“啊？”萧然没有听懂。

“你爸爸叫你小萧，你叫他老萧，这——”

“我们现在是朋友啊，他要是一下子忘记我是谁，我就说：‘老萧，我啊，你不记得了，我是小萧啊。’他就马上点头说‘记起来了，记起来了’。你看，我是不是特别有智慧？”

“一直这样也不是办法吧？”江一桐虽然觉得萧然的做法有些欠妥当，但她也提不出更好的建议。

“先过完今天再说吧，明天的事，谁知道呢？”

萧然还是一贯的活在当下的态度，他把手放在嘴边，哈了一口热气，轻轻捂在了江一桐的耳朵上。

“你干吗？”江一桐闪到一边。

“帮你取暖呀，每到这个时候，就特别羡慕有两只手的人，”萧然神色黯淡了一下，又眉飞色舞起来，“老萧和我说，残缺的更美，就像那个雕塑，那个——叫什么来着？”萧然努力回忆。

“看来，你们两个相处得很好。”

“好得就差拜把子了。”萧然没正形地笑，笑着笑着，他把脸扭到暗处，“做父子的时候，像仇人一样每天吵，做了朋友，每天听他和我说自己儿子多好多好，我听着听着差点就信了，他要是早那么夸我，我们也不至于闹成那样。”

自从回来之后，江一桐不停地听到人们说“早知道”“如果早这样”之类的话，她自己也会常常这样想，如果当初怎么样的话，现在会更怎么样吧。

明明就连弟弟这样的小孩子都知道后悔是这世上最无济于事的举动，但她和身边的成年人偏偏无法停止。

“是不是觉得我太没用了？”萧然问。

“不，我哪有资格去这样想你？”想到躺在医院的爸爸，江一桐觉得自己做得太少，接近于零。

“你们在外面干吗呀？”悄悄踩着滑板，滑轮与地面摩擦发出的响声与江一桐越来越接近。

“我爸爸来了，你看，睡觉的那个。”萧然指给悄悄看。

“真厉害，你们算是和好了？”悄悄的眼角有块瘀青，虽然她戴了帽子，还是能够被发现。

“也能这么说吧。”萧然看到了悄悄的伤，“又被打了？这次是谁呀？明天我就去你们学校。”

“没事，没事。”悄悄低下头。

“是上次我见过的那个小胖子，还是——”萧然不肯罢休，江一桐从他的话语中才知道，他还去过悄悄的学校。

“是我爸爸。”

悄悄走到台阶上坐下，灯光下，她脸上的乌青更明显，像是被硬物砸到留下的，还有一点擦伤。

“你爸爸回来了？他为什么打你？”江一桐坐到悄悄身边。

“也没什么，他训我，我顶了两句嘴，他把烟灰缸扔了过来，我没躲开。”悄悄抬头看了看二楼，“一安睡了吧？”

“睡了。”江一桐知道她在担心什么。

“那就好，不然他肯定又以为我打架去了，和他说不清楚。”

悄悄耳朵上夹着两个夸张的金属片耳环，头顶夹着几串五颜六色的发片，身上穿的皮质的黑色外套已经有些不合季节了。

“是因为你的打扮，你爸爸才和你吵的吧？”江一桐猜测。

“他根本就什么都不知道，”看到悄悄的态度，江一桐知道自己猜对了，“这么多年都没管过我，现在凭什么对我指手画脚？”

父母不在身边的孩子总是比同龄人多些敏感，悄悄经常在学校和同学发生冲突，但是因为她成绩很好，老师也就睁一只眼闭一只眼。

老师的刻意宽容，令悄悄招来更多不满，她没有什么朋友，弟弟曾经是她唯一的朋友。在几个调皮的男生冲着弟弟嚷“白痴”时，悄悄冲上去用拳头捍卫弟弟的名誉，她和弟弟一起被狠狠揍了一顿后，弟弟就每天跟在悄悄身后了。

弟弟离开学校后，悄悄一放学就会来书店找他。爸爸和爷爷很欢迎悄悄，他们深知弟弟能有一个年龄相当的玩伴多么不易。

在学校里，悄悄一如既往地形单影只，同学们都不喜欢她，觉得她脾气大，性格古怪，成绩又好到离奇。

班里有两个男生总找机会找悄悄的麻烦，悄悄也不惧与他们拳头往来，虽然到头来总是她吃亏。萧然知道后，嚣张十足地去悄悄学校露了一面，他让那两个男生以后离悄悄远一点，不然他就不客气。

这通恐吓很有效果，所有人一律对悄悄“敬而远之”。老师出于负责任的态度，给悄悄的父母打电话提醒，让他们平时多关心一下悄悄，防止她和一些社会青年走得太近。

“我是不是好心办坏事，给你惹麻烦了？”萧然问。

“不关你的事，”悄悄彻底爆发，“他说我没有学生的样子。他怎么不问问我为什么要把自己打扮成这样？我在学校里被人欺负，我心里也很害怕，可是没有人能帮我，他们在那么远的地方，每次打电话就是让我好好学习，让我听外婆的话，从来不会说他们想我。我如果哭，他们就说我不懂事。”悄悄扯掉耳环，远远扔过头顶，“我恨他们，恨他们。”

“我也恨过我爸妈，天底下爸妈那么多，可是他们却弄丢了自己的儿子。”萧然做了几个深呼吸，声音略微嘶哑。

“悄悄，你什么时候去北京？”江一桐问。

“过完这个春节。”

悄悄丧气地垂着头，她必须面对现实，离开疼爱她的外婆，跟随她此刻恨的人去一座全新的、陌生的城市生活。那座城市的冬季漫长而寒冷，除了呼啸的北风，还会飘落她只在电视里见过的六瓣雪花。也许，她会在那里交到新的朋友，也许，她还会是不受欢迎的那一个，这些都没关系，未知令她战栗，也让她感到激动。

但是此刻，她在熟悉的巷子里，和令她有安全感的人聊到未来的这一切时，她只想将关于未来的一切都留在想象中，而永远不迈进去。

江一桐看着坐在身边的悄悄，不无遗憾地想着，好孩子，别担心，也别害怕，因为生活不会因为你畏惧就对你手下留情。很久很久之后的某一天，当你经历过一败涂地，或者是高歌胜利再回到这里，你会更有资格说你恨谁，或者说谁恨过你。

5 鱼头汤的谎言

弟弟喝了爷爷煮的鱼头汤之后，被一根鱼刺卡到了喉咙。在医院的急诊室里，一个急躁的女大夫粗暴地做了检查之后对江一桐说："没有刺，你们不需要大惊小怪。"

"可是他一直说痛。"爷爷不放心。

"我再说一遍没有鱼刺，如果你们不信任我的诊断结果，可以再找别的大夫。"女大夫下了逐客令。

"太过分了，怎么这样对待病人？"爷爷拉着弟弟的手向医院外走。

"真的没有鱼刺，刚才我也帮他看过了，可能只是有点不适感。"江一桐在想，来的时候太匆忙，不知道车停在路边会不会被贴条。

"不是有没有鱼刺的问题，而是身为医生，怎么可以这种态度呢？”爷爷还在不忿。

“爸爸。”弟弟忽然停住脚步。

没想到弟弟会突然提出这个要求，江一桐有些不知所措，她试着劝说：“今天没有和爸爸打招呼，我们改天再去看他吧。”

“为什么？”弟弟不放弃。

“会影响爸爸休息的。”

“不会的。”

“说了会影响爸爸休息的，怎么越来越不听话了？”爷爷忽然拉着弟弟向医院外面走去，步伐不容商量。

弟弟半蹲在地上，咬着嘴唇不说话，也不肯走。

江一桐一直想着何时把爸爸生病的实情告诉爷爷，眼下或许是个不得不应对的好时机，于是她试探着开口：“要不，就一起去病房——”

“不行！”爷爷的大喝引来了周围人的侧目，他和弟弟两个人互不相让，爷爷看着江一桐，“带他回家。”

“你不想爸爸。”弟弟喊。

爷爷颓然地松开手，弟弟快速躲到江一桐的身后。

“我去车里等你们。”爷爷妥协。

“你不一起去吗？”江一桐害怕爷爷点头，又隐隐期盼着他同意，那样的话，自己就不需要在将来的某一天亲口向爷爷解释了。

“我吗？”爷爷忽然想起来什么似的说，“不去了，没什么可看的，反正过阵子就回家了不是？”

江一桐有些失望，她带着弟弟出现在病房门口，爸爸正坐在床上，姓常的那位护工在给他喂饭。

“你们怎么——”爸爸没有想到弟弟会来。

“他嗓子里卡了鱼刺，来医院检查，一定要来看你，爷爷没办法，只好让我带他上来了。”江一桐说。

“鱼刺？”爸爸捧着弟弟的脸，让他张开嘴巴，仔细端详。

“已经没事了，别担心。”

爸爸的脸皮黑了许多，水疱退去后，皮肤变得老去了二十岁。因为头皮里也在结痂，爸爸将头发剃得很短。

弟弟伸手摸着爸爸的头，天真地笑：“又一个爷爷。”

的确，江一桐也觉得眼前的爸爸，和在医院门外等待的爷爷一模一样，也许是相同发型的关系，他们两个看起来更像是年岁接近的亲兄弟。

“爷爷呢？”爸爸问弟弟。

“他不想你，不让我来找你。”弟弟好奇地偷偷看着老常，被他手里的铝制饭盒吸引了目光。

“我差点以为今天瞒不住了，没想到爷爷想也不想就一定要离开医院，好像在故意躲着你。”江一桐开玩笑。

“是躲以前的熟人，他每次迫不得已来医院，总是一副心虚怕被人认出来的样子，可是他越这样，越容易被认出来。有一次他血压升高，我前脚把他送来，后脚去缴费回来，他就不见了，等我找到医院门口，看见他被一个医生拦着不放手，一个劲地说好久不见，要请他吃饭。你爷爷遮着脸说‘认错人了，我不是这儿的医生，从来没在这儿上过班’。你看，别人还没说什么，他自己都招了。”

爸爸讲的趣事，把江一桐和老常都逗笑了。也许是看到了弟弟，爸爸的话比往常多了许多。

将弟弟留在病房陪爸爸，江一桐去找罗嘉，想要再问问爸爸的情况，是不是可以在春节前回家。

走到病房区的玻璃门前，江一桐看到爷爷的身影，消失在刚刚合上的电梯门里。

“一桐，在看什么？”罗嘉从另一部电梯里出来。

“我爷爷，刚刚坐电梯下去了。”

“他知道你爸爸的病情了？”

“他说他不知道。”江一桐困惑地说，“爸爸说爷爷因为担心在医院遇到熟人，所以一直不肯来看他，你相信吗？”

罗嘉拍一拍江一桐的头：“重要的是，你爸爸相信。”

爷爷早就知道了爸爸的病，不然他也不会独自来到肿瘤科的病房外。江一桐不知道爷爷来过几次，重要的是，爷爷每一次来过之后，都装作若无其事的样子，他要让所有瞒着他的人相信，自己毫不知情。

“可是我不明白，不明白。”

上学的时候，老师们都会讲一个故事：妈妈做了一条鱼，总是把最肥美的肉给孩子吃，自己吃鱼头。“我最爱吃鱼头。”妈妈总是这样说。故事讲完，老师会点评道，世上最无私的爱就是父母对子女的爱，爱吃鱼头，是妈妈对孩子说的善意的谎言。

江一桐想，当谎言与谎言交织在一起时，就像雨水和阳光交织发生了神奇的化学反应，令人有晕眩的感觉。

“你不用明白，还记得你第一次来医院时，我对你说过的话吗？”罗嘉握住江一桐的手，“死亡的结局无法改变，与这死亡有牵连的人，他们的选择，我们可以不理解，但是要支持。一桐，什么都不要问，不论是你爷爷，还是你爸爸，好吗？”

罗嘉为江一桐带来一个好消息和一个不好的消息。

好消息是爸爸可以在春节前回家，留在家里过一个春节。坏消息是爸爸的肿瘤扩散进了脑子里，他有百分之五十的可能，会活不到春节。

“这也是没有办法的事。”江一桐不再说什么，她回到病房，看到爸爸和弟弟在玩猜拳的游戏。

“没什么事吧？”爸爸问。

“医生说，你春节可以留在家里。”江一桐笑着，她知道自己在微笑。

“爸爸，回家过年了。”弟弟欢呼。

“过年。”爸爸骨瘦如柴的身体扭动了一下，似乎在为能够提前回家而雀跃。

在回家的路上，弟弟迫不及待地告诉了爷爷这个好消息，江一桐看到爷爷平静地点点头，他说：“我就说，过阵子就回家了嘛。”

道路两旁的树木急速地从汽车窗外掠过，始终看着窗外景色的爷爷，似乎被晃得眼睛有些不舒服，他用食指和拇指轻轻捏在双眼之间，久久没有松开手。

爷爷在为江一桐的孩子准备名字，他抱着一本厚重的字典，手边放着一张白纸，写了几个他认为不错的名字。

“简一、见一，怎么都是这类文绉绉的名字啊？”萧然指着纸上写下的名字，照本宣科地读出来。

“我觉得不错，很有文化的名字。”萧然的爸爸最近是书店的常客，他和方越正挤在一起，看一本象棋棋谱。

“老萧，你念过几天书，知道什么是文化吗？”萧然调侃。

“江简一，听起来不错啊。”方越慢慢品味。

“孩子姓江吗？随你的姓吗？”萧然扭头问江一桐，爷爷也从字典上挪开目光，大家都在等着江一桐的回答。

“我还没想好，不过，孩子爸爸姓高，你们也可以参考这个来想名字。”江一桐第一次主动说起她肚子里孩子的父亲。一时之间，书店里的人都忘记了接话。

“孩子出生时，他会来吗？”萧然问。

“不会。”

“为什么？”

“他在很远的地方，赶不回来。”江一桐站起身，将椅背上的羊绒披肩裹到身上，准备上楼去休息。

“到时候我会去的，放心吧。”萧然保证。

“有你什么事啊？”萧然的爸爸打击萧然的热情表态。

江一桐出门时，听到方越嘀咕：“高简一，听起来不是很顺耳啊。”萧然附和：“还是江简一好听。”

看来，爷爷起名字时，自动把“江”当作了孩子的姓氏，在他的无意识中，江一桐的这个孩子，是江家的孩子，是这个家的孩子。

在医院时，江一桐和爸爸说起了帮孩子取名字这件事，爸爸蹙着眉头：“孩子的爸爸，姓高吗？”

“嗯，他是个画家。”

“你们在一起多长时间了？”

“记不清了，大概四五年的时间吧。”

“怎么没结婚呢？”

这是爸爸第一次对江一桐的生活以及与她有关的人表示出关心，所以，江一桐也决定坦白直言。

“考虑过，不过没来得及，他就在登山中遇难了。”

和老高在一起，分分合合，江一桐已经记不清有多少回了，每一次斩钉截铁的分手，都只会让两个人更快地和好。

“我们注定是分不开的。”老高每一次都这么说。

“所有人都会分开，只是时间迟早的问题而已。”江一桐不相信“注定”。

“不，”老高艺术家的细胞在跳跃，他紧紧抱着江一桐，“我们不一样，就算死亡，都无法分开我们。”

美好的情话，就像美丽的夕照，片刻的绚烂，随即就会被黑暗所吞噬。江一桐热爱情话，但她并不相信，因为它无法永恒。

在爸爸给江一桐打去那通通报自己癌症病情的电话之前，江一桐因为喝了一夜的酒，脑子里乱作一团。

宿醉被吵醒，江一桐茫然地消化、分解着爸爸从电话里传递给她的信息——爸爸要死了，死于疾病。

而在这之前的一天，她接到了另一个电话，是老高的朋友打来的，他们在一个无比嘈杂的环境里对江一桐说，老高在登山时失联了，救援队经过一夜的搜救，在一处崖壁下发现了他的尸体。

谁说死亡是抽象的？在江一桐那时看来，她眼前的每一件事物里，都存在着死亡，并且她呼吸的每一口空气，都在提醒着她，死亡如影随形。

“有时候意外的发生，也是让人没有办法的。”爸爸的口头禅又搬了出来，他轻轻拍拍江一桐的手背，他的手指很粗糙。

老高的死对于江一桐来说，的确是个意外。江一桐不确定自己是否为此而伤心，她只是觉得有些怅然若失，就好像毫无征兆地失去了一件用了很久的物件。

在老高收拾行李、准备出发登山前，他心血来潮地说了一句："将来我要是有个儿子，就带他一起登山。"

当时，江一桐在卫生间把两条杠的验孕棒扔进马桶里冲走，她走到老高面前："那如果是个女儿呢？"

老高没有听出江一桐的弦外之音，他说："女儿就教她画画。"不过他很快又说道："我这个岁数，不大可能会有孩子了。"

江一桐想告诉他，你有一个孩子，此时，这个孩子正安静地躺在子宫中，浑然不觉地安静睡觉。

但她没有说出口，她不确定自己是否要留下这个孩子，她甚至在确认了这个孩子存在的第一时间，脑子里想的第一件事就是预约人流手术，就像对待她之前的那几个孩子一样，将死亡双手奉到他们的面前。

"等我回来。"出门时，老高温柔地亲吻江一桐的嘴唇。

老高的死，对江一桐来说是意外，同时也是一种启示。她认为这是上天给她的孤独隐喻，她势必孤独终老。既然如此，她决定遵照这样的启示，几乎没有任何犹豫地去医院预约了人流手术，她接受这样的结果。

然后，爸爸打来的电话令江一桐陷入茫然，但她觉得回到阔别多年的家乡，去面对那些早已逝去的亲人，还有不得不面对的往事只不过是一个小小的插曲，当她将事情都处理妥当，她依然会离开，她所面临的人生结局不会改变。

但是，照目前的情形来看，江一桐心里竟然生出不舍的情愫，她生平头一次质问自己：离开这里，还能去哪里呢？

爷爷对鱼头汤烹制的热情，不知从何处而来。每天的餐桌上，都会出现这道菜，弟弟因为吃过鱼刺的亏，坚决不肯再喝。

江一桐只好每餐都吃，鱼汤虽然营养美味，可是也不能雷打不动地塞进每日的食谱中，江一桐忍不住和爷爷抱怨。

“好喝吗？有没有味道很重？”爷爷问。

“没有了，有点淡。”

江一桐只是随口说一说，爷爷却是很认真地皱起了眉头。他小小地喝了一口，仔细用舌头感受味道。

“淡了吗？似乎是有一点。”爷爷叹息。

每位来书店的客人，都有幸能喝到一碗鱼汤，爷爷会谨慎地在他们喝完之后问道：“好喝吗？”

“挺好。”

“不错，很美味。”

“很新鲜。”

得到诸如此类的回答，爷爷不会罢休，他一定要大家提出具体而客观的意见。萧然的爸爸在喝光一碗鱼汤后，认为煲汤的火候过长，应当缩减。爷爷很认真地询问，还有没有其他的建议。

十分钟后，萧然爸爸将一碗没人喝的鱼汤一饮而尽，他对爷爷说：

“这碗汤做得真好，火候恰到好处，还有没有？”

书店里不知谁先笑出声，抑制不住的笑声便久久回荡在屋里。

爸爸出院那天，家里餐桌上照例有一份鱼头汤。爷爷给每个人盛了一碗：“趁热喝，我加了许多食材的。”

“真香。”爸爸因为肿瘤压迫了脑子里的神经，他的右手有些吃不住力气，只能用左手拿着勺子，笨拙地送入嘴里。

“多喝点。”爷爷自己也端起碗。

江一桐看到爷爷捧着碗的手指，在微微颤抖。碗口挡住了爷爷的脸，她看不清爷爷的表情。

夜里，小牧带着女儿婷婷来到书店，害羞的小女孩看着书店门口架子上的一个塑料娃娃发呆。

“喜欢吗？”江一桐将娃娃拿到女孩面前。那是妈妈送给她的，娃娃身上穿着粉红色的连衣裙，金色的长发上扎着美丽的蝴蝶结。只是现在摆在女孩眼前的娃娃，经过岁月的洗礼，略显“狼狈”，裙子少了一个角，脸上也有些黑色的脏污。

“她喜欢，”小牧替女儿回答，“她的嗓子——”小牧做了个手势，表示女孩无法发出声音。

“送给你。”江一桐把娃娃递到了女孩手上。

女孩的手背上，有淡粉色的疤痕，像蜈蚣一样盘踞着。她冰凉的小手触碰到江一桐的掌心，柔软的触感，就像刚出生的小动物的皮肤。

弟弟在读《安徒生童话》，萧然的爸爸很爱听《海的女儿》，他坐在空调下面，享受着温暖的风和忧伤的童话。

悄悄拉住女孩的手，让她坐到自己身边，他们三个围在弟弟面前，一起陪着小美人鱼去寻找王子。

爷爷坐在梧桐树下，江一桐走过去，看到了泪水停留在爷爷脸上的皱纹里。

“爸爸会好的。”江一桐说道。

“不会的。”爷爷摇头。

“别担心，他会没事的，一定会的。”江一桐不知道自己说的话，是在安慰爷爷，还是在强装镇定。

“他喝了那碗鱼头汤啊。”爷爷的话让江一桐摸不着头脑，不过，很快，她就从爷爷口中知晓了一个尘封几十年的秘密，是关于奶奶的。

奶奶在江一桐出生之前就去世了，对于江一桐而言，奶奶只是一个存在于照片上的符号而已。

爷爷脾气坏了一辈子，年轻时候更加过分，和奶奶之间除了吵架就是冷战，爸爸是他们唯一的孩子，也是这场不幸婚姻的唯一见证者和亲历者。

对于爸爸而言，爷爷就是一个从不肯认错的暴君，他从小畏惧爷爷，更愿意和奶奶待在一起。

奶奶死于肝癌，从一病不起到去世，只有一个月的时间，而那时，爷爷并没有通知在外地的爸爸。

没能见到奶奶最后一面，是爸爸对爷爷无法消除的芥蒂。爷爷说他当时一直深信自己能够将奶奶从死神手中拉回来，他认为自己有责任还给爸爸一个安详健康的母亲，而不是一个垂死挣扎的病人。

对此，爸爸并不能够理解，他认为爷爷的自以为是和暴躁脾气害他失去了妈妈，他无法原谅爷爷。虽然他们始终生活在同一屋檐下，但形同陌路。

奶奶生前最擅长做的一道菜就是鱼头汤。奶奶是在水乡长大的，做鱼十分拿手，只是那时的生活条件，很难常常吃到鱼，所以，爸爸每吃一次，就会回味无穷。

奶奶去世后，爸爸再没有吃过这道菜。爷爷第一次邀请妈妈来家里做客时，他亲自下厨做了一道鱼头汤端上了餐桌，爸爸看到后不发一言，就将整个餐桌掀翻在地。

与爷爷的对抗，成为爸爸贯穿人生的主题。他不愿自己成为爷爷掌控的对象，他为了想要自己主宰生活而不断与爷爷爆发战争。

即便是在最终妥协后娶了妈妈，生下了江一桐，生活在庸常无疑的轨道上不断滑行，无法发生任何大的改变时，爸爸也从不肯真正原谅爷爷。

爷爷知道爸爸时日无多，他希望能够为他做一碗鱼头汤，让爸爸知道，这么多年来，他一直想弥补。

爸爸平静地接受了那碗鱼头汤，这让爷爷知道，他在爸爸那里，得到了原谅。但与此同时，也让他心中布满了哀伤。

关于一场战争的终结，要么双方一起放下战鼓，要么有一方被碾压到城池不存，兵马不复。

在爷爷和爸爸的这场战争中，爸爸率先举起了白旗，他不再充满斗志，不再渴望赢得胜利。

是死亡，将爸爸变得柔和，是死亡，让爸爸终于想要和爷爷安宁地待在一起，不再燃起硝烟。

“为什么先走的那个人，总不是我？”爷爷此时比任何时候都更像一个老人。江一桐不知道他口中的“总不是”，相呼应的是奶奶、妈妈、爸爸，抑或是其他的什么人。

“这真的是没有办法的事情。”江一桐说着爸爸常说的那句话，她看到爷爷的眼泪更加汹涌地流出来。

6 人鱼的眼泪

方文博放寒假了，每晚也会来书店。

“不需要复习功课吗？”江一桐问他，毕竟只剩一个学期就要高考了，而他的成绩，据方越说始终徘徊在中下游。

“累了一个学期，总得给自己放个假吧。”

方文博不知从哪里翻出来几本武侠小说，每天吃过晚饭就会来到书店，孜孜不倦地研读一番。

“你这次考的第几名啊？”爷爷问。

“肯定是二十名以后，我打赌。”悄悄也放假了，明年过完暑假，她就成为一名高中生了。

“要你管。”方文博瞪着悄悄。

“这成绩考大学是不是不保险啊？”爸爸跟着说道，“你哥哥那个时候，可是每次都年级第一——”

意识到说错了话，爸爸及时截住话语。众人有些担忧地看向方文博，他倒是神色如常地继续保持看书的姿势。

“说这个干什么呀？”爷爷小声埋怨。

“我——没有注意。”爸爸也感到抱歉，他将身子微微前倾，想要继续说点什么，可是又无话可说的样子。

“我先回家了。”方文博轻快地起身，他走到门口时，江一桐也站起来，他们一前一后地走出书店。

空气里流动着硝石燃烧的气息，快过年了，鞭炮和烟火此起彼伏地侵占着这座城市的各个角落。

“别放在心上。”江一桐说。

“不会。”方文博双手插在裤兜里。他最近又长个子了，身形挺拔得就像是从漫画里走出来的男生。

便利店的门口，方越弓着腰，在清理散落的货箱，他不时抬头望一望巷子外的那条马路，脑袋随着脖子的扭动而左右轻轻摆动。

“我经常觉得我爸在等我哥回来，”方文博的话出人意料，“他总是看着我哥出事的那个路口，他的那个眼神，就像哥哥站在那里似的。”

“别多想了。”江一桐说。

“哥哥去世后，我最怕过春节，我和爸妈坐在以前我们四个人一起吃饭的桌子前，明明都很心酸，却还是要强颜欢笑地举杯祝对方新年好。去年除夕，妈妈在厨房做菜，爸爸说别准备那么多，三个人吃不了多少。妈妈切菜的手就停了下来，她说吃不完就剩下有什么关系，都是孩子们爱吃的。然后说完，她就抹起眼泪，大概她自己也意识到，她的‘孩子们’只剩下一个了。爸爸也什么话都不说，站在一旁叹气。可是当他们从厨房出来时，两个人脸上都带着笑容，他们会不停地给我夹菜，让我多吃点。每年的年夜饭，我都会吃得很饱，撑到胃疼，感觉一定要把哥哥的那份也一起吃下去，才能安心地去睡觉。”

方文博抱歉地对江一桐笑一笑：“我不是在诉苦，只是有时候自己也忍不住会看着那条马路想，如果哥哥还活着，大概我的生活会轻松许多吧。”

“别对自己太苛刻，你还小呢。”

江一桐目送方文博走进便利店，这个男孩已经比他爸爸高出了大半头，他们不知道在说些什么，方越的手在空中停了半秒钟，抓了抓自己的头皮，但在江一桐的这个角度可以看得很清楚，他是想拍一拍方文博的肩膀，只是他抬起了手，却没有这样做。

“我能不能求你一件事？”悄悄的声音在黑暗中响起。

“你吓到我了，走路怎么没有声音的？”江一桐回头。

“我叫悄悄嘛。”悄悄今天的打扮很乖巧，和教室里坐在第一排认真听讲的女孩子一个样子。

她爸爸的督导看来是起了作用，不过，有父母陪伴在身边的孩子，也不再需要把自己伪装成不可招惹的样子，父母的爱就是他们最坚固的铠甲。

“怎么了？”

“在我去北京之前，能不能让我和大家在书店拍个照做纪念？”

“大家？”

“就是我们——所有的人，”悄悄用手指在空中画着圆圈解释，“我想到了北京以后，可以把照片摆到我的书桌上。”

“当然可以，当然。”

江一桐答应后，悄悄像刚吃饱青草的小鹿一样，满足地回家了。她最近总是很早就回家，父母在她口中也不像之前显得那样差劲了。

有一次，江一桐听到弟弟和悄悄在谈论彼此的爸爸和妈妈。

弟弟说：“我爸爸生病了，病了好久，他都不能陪我去公园玩儿。”

悄悄说：“没关系，我让我爸爸带咱们去，他可会放风筝了，到时候，我们一起放风筝吧。”

弟弟说：“我不记得妈妈长什么样了，因为她死了。”

悄悄说：“没关系，我妈妈在北京买了好大的房子，我让她给你布置一个房间，等我放假的时候，你去找我玩儿。”

悄悄的话是安慰，更是一种急切的证明，证明自己现在的生活和父母是有交集的，而不是像从前那样，谈论起父母这个话题，只能低头保持沉默。

类似的感受，江一桐也曾有过。她三年级时，学校开亲子运动会，班上所有同学的父母都是双双出席，只有她一个人，是妈妈陪着的。

有一个项目是孩子和家长接力赛跑，别的同学都是由爸爸把接力棒递到手里的，而江一桐则是看着妈妈落在一群男人身后好大一截，她一边奋力地追赶，一边向江一桐喊话鼓劲，当江一桐接过妈妈递来的接力棒时，她呆呆地站立在原地，看着早已跑远、不可能追赶上的同学们，失声痛哭。

当时的感觉，与其说是挫败感，不如说是羞耻感。就好像费心隐藏的秘密昭然若揭，令江一桐感到无地自容。站在沸腾着呼喊声的操场上，她觉得全校的同学都知道了她爸爸不爱她，尽管当时她哭得那么用力，却并没有人注意。

“孩子很健康，很好。”江一桐在蓝色的帘子后面整理衣服，刚才为她做检查的女医生笃定的声音从帘子那端传来。

“有什么需要注意的吗？”

“好好吃饭，好好睡觉，不要刻意地去注意，也不要完全地不注意，就这样，没问题的。”女医生目送江一桐离开。

做完产检，江一桐去找罗嘉。

“晚上，你有时间的话，来书店一趟吧，我们那里有个小女孩过完年要和父母去北京生活了，她想离别前，和所有人合影。”

“也包括我吗？”罗嘉指了指自己的鼻子。

“我想——是的吧，她说的让我通知大家，那我——”

“我会去的。”罗嘉爽快地答应，这时，他放在电脑前的手机响起，手机屏幕上，林晗两个字映入江一桐眼帘。

“那么，晚上见。”

“等一下。”罗嘉一边听电话，一边示意江一桐先别急着走。

他们在商量过完年是否将孩子送到林晗身边的问题。江一桐走到窗边，医院门口的喷泉正在喷水，有小孩子在旁边玩耍。

“你等一下。”说完，罗嘉便把手机递给了江一桐。

“孩子情况怎么样？”林晗的声音听起来很脆爽，她还是一如既往地从不客套，直奔主题。

“很好，不出意外的话，明年春天，我就能和他见面了。”

“乌鸦嘴，哪会有意外——”林晗笑起来。

“你呢？还好吗？什么时候回来？”

“万事如意，不出意外的话，过完年，我会回去一趟，接儿子和我一起生活。”

和林晗通完电话，江一桐看了看表，快中午十二点了。

“不知不觉聊了快一个小时。”

江一桐有些吃惊，她很久没有这样长时间地和一个人通过电话了，刚才和林晗聊天，有些像回到了大学宿舍夜谈的时候。

“你们女人不就是这样吗？一句话要分一百句来讲。”

罗嘉在整理病例，他的办公桌上，放着他和林晗还有儿子的全家福，小家伙继承了罗嘉的脸形，还有林晗的神态。

“那也好过你们男人，心里有一百句话，嘴上只肯说一句。”

面对江一桐的反唇相讥，罗嘉向来照单全收。他要江一桐陪他去医院的食堂吃饭，不由江一桐反对，就把她拉进了电梯里。

坐在食堂的长桌子前，江一桐想起小时候，她也常跟着妈妈来这里吃饭，妈妈把糖醋排骨夹到她的碗里，问：“长大后做医生好不好？这样的话，我们每天都能在一起吃饭。周一吃糖醋排骨，周二吃红烧带鱼，周三……”

看在排骨的分上，江一桐点头：“好。”

妈妈去世后，江一桐坚决不肯做医生，那时她的心里多少也是对妈妈抱有不满的，说好了等自己做了医生，就可以每天一起吃饭的，妈妈却食言了。可转念又一想，自己做了医生，却不肯回来，一起吃饭的约定自然无法达成。也许正因为如此，妈妈在从楼上跳下去时，才更加没有犹豫的理由了吧。

“今天有糖醋排骨。”罗嘉端着餐盘，走过来坐下。

“你们医生的伙食不错嘛，荤素搭配，营养均衡。”江一桐拿起了筷子。

“马马虎虎吧，比我们大学食堂的要强一些。你还记得吗，那时候一到周末，我们就得去学校外面打牙祭。”

“怎么不记得？你和林晗两个人可以吃光一整盆水煮牛肉。”

“我们分工合作的好吗？她吃牛肉，我吃豆芽。”

罗嘉的话，令江一桐笑起来。她想起大学时，罗嘉和林晗总是在菜端上来的第一时间，将盘子里的肉抢到各自的碗里。

“那时候，我以为你们永远不会分开。”

“说实话，我一度也这样以为过，以为林晗永远会留在我身边，以为你永远都不会再出现。”

“别这么煽情。”

“想不想听一个秘密？”罗嘉看着江一桐的眼睛，他的目光中流动着璀璨的烟火，“我和林晗决定离婚那天，谈到了你。”

“我不懂。”

“准确地说，是我们谈到了你，然后决定要分开。”罗嘉单手托腮，认真地回忆，“那天半夜，我值完班回家，林晗也刚到家，她在门厅换鞋时，我开门进去，我们在那个狭长的通道对视了一分钟，然后林晗去开了瓶红酒，我们就坐在客厅的窗户前喝起来。一开始的时候，也没怎么说话，我们这些年吵得太厉害了，把别的夫妻几辈子的话都吵完了，酒喝到一半时，我们两个不知道是谁先提起了你，然后就一发不可收拾地聊起了和你有关的事情，一直到天大亮起来，我们都没有睡意。”

听着罗嘉的故事的过程中，江一桐被来来往往的医生、护士注目，他们好奇的目光丝毫不掩饰地停留在她身上。

“那天我喝得有点多，林晗靠在我肩上，她头发上有柠檬的香味，我迷迷糊糊地想，家里洗发水什么时候换成柠檬味道的了？然后，林晗捧着我的脸，在我下一秒钟就要吻上她的嘴时，她说：‘罗嘉，我们离婚吧。’我知道她是清醒的，我看到泪水从她眼眶中滚落，她说：‘我以为我们可以的，我以为可以的，可是……’我把她抱在怀里，轻声地安慰她，就像抱着自己的女儿，我说：‘我知道，我知道，没关系的，真的，对不起。’三天后，林晗从家里搬了出去。”

“是因为我，对吗？”

“一桐，我们常常会以为我们变成了我们以为的那种人，我以为我和林晗结婚后，我的身份就是林晗的丈夫，我做着这个身份应该做的事情，而林晗也是一样，她尽着一个妻子和母亲的职责，我们以为只要生活中没有你，只要你不再出现，我们的生活永远不会发生改变，我们会像这世上千千万万对夫妻那样争吵，柴米油盐，互相伤害，但是不会分开。那个晚上，林晗和我都明白了，我们失败了，在我们以为的生活面前，溃不成军。”

罗嘉看了看时间，端起餐盘向门口走，江一桐跟在他身后。

“我们离婚不是因为你，如果一定要说有什么关系，那就是那天晚上，谈论起你时，我们才发现，我们在一起这么多年的光阴，能够拥有的共同话题只有你，仅有你。倒不是觉得有多可悲，只是我们忽然意识到我们的生活本不该是这样的，那种感觉强烈到仿佛要把我们的颅骨击碎，然后我们就一下子醒了，我指的是从当时那种生活中跳了出来。你明白吗，一桐？”

“我想我明白了。”

将餐盘放到回收处，江一桐又回头看了一眼整个食堂，她和妈妈以前常坐的位置上，一个女医生正在低头吃饭，她左手轻轻按压着从胸前垂下的长发，低着头慢条斯理地吃着面前的食物。

“糖醋排骨怎么一块都没动？”罗嘉看着江一桐将满满一份糖醋排骨毫不吝惜地倒进了垃圾桶里。

“我周一不吃排骨。”

“这种挑食法，我还是头一次听到。”

罗嘉送江一桐到医院门口，然后目送她开车离开，才匆匆地小跑返回医院里。他的背影还是和十几岁时一样熟悉，江一桐看着后视镜中罗嘉的身影，忍不住这样想。

晚上，书店里比往日吵闹了许多。常来书店的人都来和悄悄合影告别，他们将脸贴得很近，尽力都挤到镜头中。

“我会想你们的。”悄悄瘪着嘴，一副忍不住要哭的样子。

“到了北京，有人欺负你的话，就告诉我。”萧然拉起自己的裤脚，露出令人眼花的刺青。

“别担心你外婆，我们会照应她的。”爷爷难得地可以容忍深夜的喧闹。

婷婷拉着悄悄的手不肯放开，小牧将一盒巧克力送给悄悄：“这是婷婷送给你的礼物，她舍不得你走。”

爸爸坐在轮椅上，笑着对江一桐说：“你是不是一直觉得我开这样一家书店，只是为了一安能够有个读书的地方？”

“刚回来的时候，有这样想过。”江一桐承认。

“你看，”爸爸微微眯起眼睛，“来这里的人，其实并不是为了看书，他们只是想有一个可以待的地方，让他们不用一个人面对深夜。你离开家这些年，有没有夜里睡不着，又不知道该去哪里的时候？”

“睡不着的时候，我通常会喝几杯，比安眠药的效果还好。”

“那我们也算是有一个共同的爱好了，一安妈妈去世后，我也是抱着酒瓶子过夜，喝醉了之后觉得日子过得飞快，什么都不用想。”

这是爸爸第一次主动在江一桐面前提起那个女人，他的神态自然，眼睛始终停留在弟弟身上，似乎在从弟弟身上找寻往事的影子。

弟弟和那个女人长得很像，尤其是笑起来的时候。江一桐最后一次见到那个女人的笑容，是在弟弟五岁生日的时候。

江一桐永远也忘不掉那个夕阳如血的黄昏。爸爸开车带着一家人去了郊外的水库边烧烤，因为弟弟一定要江一桐一起去才肯上车，江一桐不得不在爸爸祈求的眼神中上车。到达目的地后，江一桐坐在远离烤炉的地方，看着水库上方的太阳。

“刚烤好的，尝一尝。”那个女人拿着两根肉串，站在江一桐面前。她立在夕阳下面，因为逆光，江一桐看不清她唇边的笑意。

“不够熟。”江一桐将吃进嘴里的肉块吐到一边。

“我再拿去烤一烤——”

江一桐不等她的话音落下，便将手里的肉串扔到了一旁的草地上，她满含责难的目光一定令那个女人心慌意乱。

她向江一桐投以抱歉的微笑，仿佛在用笑容道歉。那几年，江一桐对她始终冷冰冰的，她也从不反抗，总是微笑着。

弟弟举着两根肉串走过来："妈妈烤的。"

"我不吃。"

江一桐继续出神地看着夕阳，她喜欢一切即将消逝的东西，大概是出于一种自己得不到，别人也无法染指的心理。

"太阳下山了。"弟弟蹲在江一桐身边。

"真不想看到太阳下山。"

"为什么？"

"因为我怕黑。"江一桐随口解释，她希望弟弟离自己远一些。

"那怎么办？"

"有太阳就好了。"

"太阳下山后，会去哪儿呀？"弟弟虽然只是一个五岁的孩子，江一桐还是觉得他这个问题很愚蠢。

"当然是大山的背后。"江一桐指着水库前面的那座山说道。

"哦。"弟弟脸上流露出若有所思的样子。江一桐在那天夜里，才知道了其实他当时早已下定了一个大决心。

夜里，爸爸扎了帐篷，因为想要在第二天一早太阳升起的时候，全家拍照留念。江一桐在夜里睡得迷迷糊糊，听到有人拉开她帐篷的拉链。

“看到一安了吗？”是爸爸。

“没有。”江一桐翻个身，她连眼睛都没有睁开。

“一安不知道跑哪儿去了，我们把这附近都找了个遍，可是根本没有他的影子，他从来不乱跑的，这一次也不知道怎么回事……”

在爸爸的絮絮叨叨中，江一桐不得不起来和他们一起寻找。爷爷留在帐篷附近，以便弟弟万一回来，可以及时通知大家。

爸爸和那个女人拿着手电筒，向水库的周边去找，那个女人把自己的手电筒递给江一桐：“小心点，这里太黑了。”

江一桐接过手电筒，她看到那个女人在暗夜的笼罩中，向她微笑。江一桐无视那早已司空见惯的笑容，转身朝另外一个方向走去。

在荒草丛生的小径上，江一桐看到一个小小的身影正执着地朝着前方大山的方向走去。

“你来这里干吗？”江一桐质问。

弟弟睁大眼睛，指着太阳落山的方向：“姐姐，太阳在那边，我去帮你找。”

“别玩儿了，快点跟我回去。”

弟弟站在原地：“找到太阳，你就不怕黑了。”

江一桐蹲下身，看着弟弟的眼睛：“姐姐怕黑，你保护姐姐好不好？”

“好，我永远保护姐姐。”

江一桐抱起弟弟，朝帐篷的方向走去。弟弟很瘦，搂在怀里没有什么分量。弟弟靠在江一桐肩上睡着了，他睡得很沉，闭着嘴巴，鼻子里静静呼吸的气息，均匀地扑在江一桐的脖子上。

将弟弟放进帐篷里，爸爸他们还没有回来。爷爷叮嘱江一桐早点休息，他说："明天还要早起拍照呢。"

然而，当太阳升起的时候，江一桐看到的是那个女人的尸体，她被人从水库里捞出来，头发湿漉漉地贴在脸颊上。

爸爸跪在她的面前，将她的头轻轻托起来，叫着她的名字，阳光普照大地，照耀着生命和死亡。

在寻找弟弟时，爸爸和那个女人分开寻找，在他们分开的短短半个小时里，那个女人失足跌落进水库里。

这些年里，江一桐想起那个女人浑身湿透地躺在爸爸怀里的样子，就会联想起妈妈当年从楼上坠落，孤零零趴在血泊中的场景。一个念头总会不可避免地在江一桐心中闪出：爸爸终究还是为他的错误付出了代价。

与此同时，江一桐也会忍不住想，那晚如果她没有接过那个女人的手电筒，也许那个女人在之后的十年、二十年，还会好好地活着。如果在那个安宁的黄昏，自己不和弟弟说那些奇怪的话，弟弟也就不会在深夜出走，那个女人自然也不会死去。

宿命论是江一桐不相信的，但她想起生命中发生的一些事情时，又觉得不得不相信一些东西是不可逃避的。

这些事情，江一桐对谁也没有提起过，似乎只要她闭口不说，弟弟就不会是因为她而深夜出走，那个女人就不会是因为把电筒给了她，而失足落水。

“恨我吗？”

“恨我吗？”

江一桐和爸爸几乎异口同声地问对方，他们诧异地看着彼此，又不约而同地保持了沉默。悄悄和萧然争论哪张照片好看的声音，成为他们沉默的背景。

“不，我怎么会恨你？不会。”爸爸说。

“怎么会不恨？我对你那样不好。”江一桐不相信，她一直一厢情愿地相信爸爸恨她，她恨爸爸，这就是他们之间的关系。

“什么时候，我们一家人也在书店拍个合影吧，好多年没有拍过全家福了。”爸爸突然话锋一转，这样说道。

“等你身体好些了吧。”

“行啊，我吃胖点，这样在照片上也好看些。”爸爸看着自己骷髅架般的双腿，充满期待地说。

弟弟又在读《海的女儿》，读到小美人鱼化为泡沫，永远离开了自己心爱的王子时，萧然的爸爸哭了起来。

“怎么了，老萧？”萧然不解。

“我想我儿子了，他怎么还不回来看我？”

“明天我给他打电话问问，好不好？”

“那你一定记得打啊。”

“放心，我肯定记得。”萧然一只手轻轻抚摸着他爸爸的脊背。

人都散去之后，罗嘉才赶了过来，他看着空荡荡的书店，抱歉地说道：“有个手术，一直做到现在。”

“没关系，以后有的是机会。”江一桐低头在看《安徒生童话》。

“一桐……”

“今天我爸爸说想拍张全家福，等过完春节，你来帮我们拍吧？”江一桐抬起头，看着罗嘉。

“当然没问题。”

江一桐合上书，观望了一会儿窗外无边无际的黑夜，然后就睡着了。她做了梦，梦里下着很大的雨，她乘坐一艘小船，漂浮在空无一人的大海上。突然，天与海的尽头亮了起来，她看到了妈妈、爸爸，还有老高，只是她还没有来得及喊出声，他们就在阳光下，消融成了斑斓的泡沫。

从梦中醒来，罗嘉已经离开了，江一桐觉得脸上冰凉，伸手一摸，泪水如同梦中的大雨一般无休无止。

三、等待晚安的人

Chapter three

在他们走进书店的那一刻，就像是他们生命轨道上的一个隐蔽的开关，终于被人打开，那个被人们称为命运的东西，与他们不期而遇。

1 无效呼叫

除夕，弟弟和方文博在巷子里放烟花，他们看着天空中绽放的美丽图案，发出令人愉悦的尖叫声。

“新年好啊！”方越的妻子和江一桐打招呼。

“新年好！”

“这里可真好，和以前大不一样了呢。”她在书店里踱步，纤长的手指轻轻从每一本书上抚过。

“欢迎你常来。”

“我吗？不——”她露出迷茫又得体的笑容，“我平时很少看书的。”

方越的妻子在嫁给方越之前，是一个很有前途的舞者，她为了和方越在一起，放弃了舞台，留在了这座城市，做了一名普通的舞蹈老师。

江一桐记得方越的妻子刚生下第一个孩子没多久，身材就基本恢复如初。有一天，江一桐去杂货店买东西，看到她抱着那个小小的婴孩，将脚搭在一个矮柜上压腿。她穿着紧身的黑色衣裤，像一只优雅的天鹅做着简单的拉伸动作。在堆满了杂物的货架中，她仿佛来自另外的时空。

“我们两个在一起，大家都认为不太合适呢。”方越不止一次地这样说过，他在便利店那个狭小的空间里，和前来买东西的邻居谈论起他的妻子时，脸上总是带着局促而胆怯的笑容。

“不看书也可以来，你们家的老方每次来店里，都是抱着书睡觉的。”萧然指着方越摆放睡袋的地方。

“是吗？”方越的妻子看了看堆放在那边的书，无论是黑格尔还是叔本华，他们的作品都没能留住她的目光。

沉默的氛围，令人联想到孤独的夜。方文博莽撞地跑进来，叫方越的妻子回家吃饭，当那个寡言而优雅的女人离开后，江一桐听到自己和萧然都松了一口气。

“这两个人，可真是天差地别的一对。”萧然说道。

“他们是我最羡慕的夫妻。”江一桐闻到了厨房里飘出的饭菜香味，萧然的爸爸正在大显身手。

“羡慕什么？”

“说不好，就是他们之间那种不般配，让我很羡慕，我一直不喜欢人们用“登对”这个词来形容爱情，双方势均力敌的爱情不是真正的爱情，是合作，只有实力悬殊的两个人在一起，才是爱情。”

“你这是爱情小说看多了吧？照你这样说，你爸妈之间够悬殊了吧，他们最后还不是——”萧然不再说下去。

“所以我才会羡慕方越他们的爱情，他们的爱情是两个人的，而我爸妈之间，是我妈妈一个人的独角戏。”

江一桐想到了罗嘉，在她跟随林晗介绍的那个男人出国后，罗嘉给她发过一封电子邮件，通知她自己要和林晗结婚了。在邮件里，罗嘉写道：“你走了之后，我和林晗不得不结婚了，我们快速地成为亲人，彼此依靠，我们只能相亲相爱，这是我们唯一能找到的出路，祝福我们吧。”

林晗的通知简略了很多，她给江一桐打了一个电话，她说：“我要结婚了，和爱你的男人。”

这些事，江一桐从没对人说起过，在阖家团圆的这个夜晚，她对萧然讲了这些，她说了许多话，比如罗嘉，比如老高，比如她爸爸。

江一桐回国之后，她在北京和罗嘉见过一面。江一桐在北京找了一份金融的工作，罗嘉去出差，他们在一家昂贵的餐厅吃晚饭。当时，罗嘉刚做了父亲，手机里的相册存满了那个襁褓中的婴儿的照片。

在罗嘉兴致满满地给江一桐讲儿子的趣事时，江一桐猝不及防地吻了他，她抱着罗嘉的脖子，众目睽睽之下亲吻他。

“我反悔了，我反悔了，你听到了吗？”江一桐呢喃着重复。

“可是我不能反悔了。”罗嘉轻轻推开江一桐，他无名指上的戒指，和他远在故乡家里的妻子手指上的是一对。他们的生活紧紧相连，融为一体。

晚餐后，江一桐送罗嘉去机场，她目送罗嘉离开时，体会到了罗嘉当日在深圳机场看着她离开的心境。

“我早就说过了，你是个坏女人，别人送上门的时候你不要，事后又想要抢回来。”萧然说。

“是啊，我好像总是迟了那么一点点。”

江一桐在太平间看到老高时，他平静得就像是睡着了，手是冰凉的，指甲里有黑色的泥垢，江一桐用指甲剪精心帮他修剪了。老高总是在江一桐给自己剪指甲时，把他的手伸过去，江一桐每次都嫌麻烦，不肯帮他修剪指甲。

“老高，你觉得好看吗？我觉得指甲剪得有点太短了，我下次帮你剪得更好一点好不好？”江一桐问。老高闭着眼睛不回答，他的双手轻轻放在身体两侧，江一桐想要碰他的手指，却再也没有了勇气。

至于爸爸，江一桐在许多个除夕，都想给他打电话。就像这世界上许多父女一样，简单地谈谈天气，或者其他的什么。

一年又一年过去，江一桐没有和爸爸打过一通电话，她想过无数次电话接通时要和爸爸说的话，却没有一次按下烂熟于心的那个号码。

“你放盐了吗？”爷爷的声音从厨房里传出来。

“放了，放了。”萧然的爸爸在说话。

“淡一点，病人不能吃口味太重的。”

“知道，知道，给病人吃的在那个锅里呢。”

两个老人整整一个下午，都钻在厨房里不肯出来。他们不时为了配料该如何放而争执，不肯让旁人进去帮忙。

“别走了。”萧然忽然这样说道。

“我什么时候说我要走了？”

江一桐看了一眼卧室，爸爸和弟弟躺在床上睡着了，台灯亮着暗淡的光，照在他们轮廓一样的脸上。

“还用说吗？你行李箱的东西都没拿出来，房间里东西少得就像住酒店一样，还不是准备随时离开？”

萧然的观察力，令江一桐惊讶，因为就连她自己也没有意识到，她内心真实的打算原来还是要离开。

“留下吧，这里多好，有家人，有我——们。”萧然停顿了几秒钟，他的眼睛漆黑，看着江一桐，“这不就是你一直想要的生活吗？”

“你怎么知道我想要哪种生活？”

“你初中时写过一篇作文，你写到自己以后想要的生活是一间明亮的房子，有家人、朋友，还有许多的书。你看这里，不是和你那时候描述的生活一模一样吗？”

“你偷看我的作文——”江一桐觉得隐秘被揭穿，她慌张地看着架子底下堆放着的那些作业本。

“我可没那么无聊，看你小时候的作文，是你爸爸说的。”

“别告诉我，他和你说这间书店是为了我开的，开什么玩笑？”江一桐避开萧然的视线，但是她目光所及之处，都在书店的范围之内。

“这我就不清楚了，下次我可以帮你问问，不过，你应该自己去问你爸爸，问问他为什么要开这间书店，为什么这么多年不肯联系你，为什么当年要背叛你妈妈和别的女人在一起……”

萧然像是自己对自己说似的，仰面躺在地板上，看着头顶的灯：“我也很想问问我爸爸，当年他把我接回家是不是后悔了？”

窗外不断响起鞭炮声和孩子的欢笑声，天空灰蒙蒙的，又要下雨了。熟睡中的爸爸看上去像个小孩子，整个身子缩在毯子里，给人很容易被伤害到的感觉。

新年这几天，发生了几件小事。萧然的爸爸因为和爷爷拌嘴，独自离开书店，萧然在汽车站找到他时，他还不肯回来，坚称要去找自己的儿子。

“我就是你儿子。”萧然拿出自己的身份证。

“不，你不是。”萧然的爸爸坚决地摇头，他看着萧然空空的右边袖管，“我儿子不是这样的，不是这样的。”

江一桐听赶去帮忙的方越说，当他从围观的人群中挤进去时，看到萧然蹲在地上，萧然的爸爸手里拿着一张照片，不停地向周围的人问道:“这是我儿子,你们有没有见过他呀？我好久没见到他了。”

照片是萧然的百天照，有一个中年女人低声说道：“是不是老年痴呆，脑子糊涂了跑出来的呀？”

萧然大吼：“你脑子才糊涂，你才糊涂了！”

方越帮着萧然把他爸爸扶上车，萧然在他爸爸耳边说：“老萧，别怕，我带你去找儿子，一定能找到的。”

“你是谁？”萧然爸爸又糊涂了。

“我是小萧呀，我是你儿子的朋友，你忘记了？”

“哦——记得记得。”萧然的爸爸连连点头。

方越在一个路口的红绿灯前急刹车，萧然的爸爸碰到了萧然的身体，他摸着萧然右边的肩膀：“手呢，孩子，你的手去哪儿了？”

“丢了，不小心丢的。”

“那我儿子——”

“老萧，别担心，你儿子好好的，手在，胳膊在，什么都在。”

“那就好，那就好。”萧然爸爸靠在萧然肩上，在车里升腾的暖风吹拂下，安心地睡着了。

萧然的爸爸睡了一夜后，将前一天发生的事情统统忘记了，他如往常一样来到书店，和爷爷打招呼，爷爷还是沉着脸，不肯理他。

“别这么小气，过年了，大家和和气气的多好。”江一桐劝解。

爷爷看着食谱，往汤里添加食材：“都和他说了一百遍了，味道要淡一点，淡一点，他差点把整袋盐都倒进去。”

“他是病人嘛，你不是知道吗？”

“那又怎么样？要不是我提前尝了尝，给你爸爸端过去，你爸爸他怎么吃得下去这种东西？以后不许他进厨房来。”

爷爷对萧然爸爸的不满，持续了好几天才渐渐平息。萧然对此倒是十分理解，他说：“我的孩子生病了，我也不会允许一分一毫对他不好的事情发生。”

“别说那么远，你连女朋友都没有。”

“会有的，会有的，”萧然眼睛发亮地看着江一桐，“我觉得到最后，我们想要的，都会拥有。”

“等你到了我这个年纪，再来说这样的话吧。”

“那时候，你还会在这里和我说话吗？”

“你是在和我调情吗？”江一桐看着眼前这个年轻人，他在那个下着大雨的夜晚，贸然地跑进巷子里，就停留至今。

萧然难得地脸红了，他低着头嘟囔：“我是认真的。”

“那么我也认真地告诉你，我们不合适。”江一桐毫不犹豫地发出拒绝的预警，她看到萧然露出失落的神情。

“爸，银行卡的密码是一安的生日，房产证放在床头柜的抽屉里，里面还有一张存折是我给你存的钱。”

“和我说这些干吗？”

“我怕万一自己病得糊里糊涂了，这些东西没人收拾。”

“告诉一桐就行了。”

“她——”爸爸欲言又止，“我也会和她说的。”

“她是不是还要走？”爷爷咳嗽了几声，他这个冬天总是在咳，仿佛一个季节过去，老了好几岁。

“不知道，我没问过她。”

“你们两个人，几十年了，还是在一起说不得三两句话。”

爷爷和爸爸在卧室聊天，江一桐在书店门口听得一清二楚。她看到方文博背着书包，站在便利店门口和方越争执着什么，父子两个人不时看向巷子外面的那条马路，汽车来回穿梭。

方文博拔腿跑了，方越双手叉在腰间，他的目光追随着方文博，直到安全过了马路才转了回来。

“又在吵什么？”江一桐走上前。

“他一定要报考他哥哥那时候考上的大学，我让他别那么好高骛远，他现在的成绩，还是保守一点的好。”

“也许，他只是想离他哥哥更近一些呢。”

“他已经满十八岁了，怎么也应该现实一点，”方越用力抚平额前的皱纹，“要是他哥哥在就好了。”

想到了刚才卧室里爷爷和爸爸的对话，江一桐也很想说一句：要是妈妈在就好了。

“什么时候生？”方越看着江一桐的肚子。

“四月底。”

“真快啊，你爸爸看到外孙女，一定很高兴，没准儿病都会好一大半。”

“哪有那么夸张。”

“名字定了吗？”

“爷爷还在想。”

“慢慢起，不着急，还有几个月的时间呢。”

“是啊。”

江一桐低下头，看着自己圆鼓鼓隆起的肚子，随着她的呼吸，里面的孩子似乎正在缓慢苏醒。

因为最近阴雨不断，爸爸提出的拍全家福的计划，一再推迟。

“在室内拍就好了，可以把灯光打亮一点。”萧然建议。

“可是天气不好的话，哪有拍照的心情啊？”

江一桐想到了妈妈以前也很喜欢拍照，她每次遇到好天气，就会带江一桐去公园拍照片。“这么好的天气出来拍照，人才会笑得开心。”这是妈妈的原话。

“是啊，再等等吧，不急在这一天半天的时间。”爸爸也说。

爷爷看天气预报，说三天后会出太阳，温度也会回升，到时候一起在书店门口合影，效果一定会很好。

萧然拿着相机去书店外选取了好半天的拍摄角度，因为江一桐说她已经请了罗嘉来拍照，萧然还闹了情绪，被爸爸和爷爷戏谑了几句。

阴雨的天气还没有散去，爸爸就因为昏迷被再次送入了医院，在抢救室外，罗嘉对江一桐说：“做好准备。”

“准备什么？”江一桐的问题，没有得到回答。

爷爷拉着弟弟的手，站在走廊的窗口边，似乎是预料到了爸爸这是最后一次进医院，爷爷坚持要留在医院里。

“雨怎么还在下呢？”爷爷从窗口伸出手，雨水打湿了他的掌心。

弟弟也把手伸出去，他回头问江一桐：“什么时候拍照呀？”

“等雨停了。”江一桐回答。

爸爸是在送入医院的当天晚上去世的，弟弟摸了摸爸爸的脸，将脸贴在爸爸的胸口：“爸爸死了吗？”

“是的。”江一桐看着护士把医疗器械一样又一样地撤走。

“可是他还没有告诉我。”弟弟说。

“告诉你什么？”罗嘉问。

弟弟没再说话，他轻轻抚摸爸爸的眼睛、嘴巴、鼻子，他专注的样子，就像是用手指在记忆爸爸的样子。

“他还没有告诉我们，他会这样突然地死掉。”爷爷只是说了这样一句话，就转身走出了病房。

“其实也不算是突然，病人的情况能够撑到现在已经很不容易了……”另一位戴着眼镜的年轻医生插话。

“别说了。”罗嘉小声制止他。

那位年轻的医生对江一桐点点头，说道：“节哀。”

爸爸葬入公墓那天，太阳早早地从云里跳了出来，江一桐穿了一条黑色的长裙，她感觉自己周身都被烤得暖烘烘的。

“拍照吗？”弟弟拉住江一桐的手。

“什么？”

“雨停了。”弟弟指了指天空。

爷爷看着墓地里无边无际的墓碑，他孑然独立在爸爸的坟墓前，手指轻放在墓碑上，就像放在爸爸的头上。

“其实，下雨天拍照也没什么关系的。”爷爷喃喃自语。

江一桐默然，这种时候还说这样的话有什么意义呢？她看着远处妈妈的墓碑想，如果妈妈还活着，她此时会怎么想呢？会不会也在遗憾没有早一些把全家福拍了？江一桐又看向弟弟妈妈的墓碑方向，如果那个女人还在的话，她又会做什么样的选择呢？

不论是谁，她们大约都会比自己做得要更好一些吧。江一桐忍不住去想这些没有答案的假设。

悄悄出发去北京的前一天，来到书店，将一张写了地址的字条塞到弟弟的手里：“一安，记得给我写信。”

“发电子邮件不就好了吗？”萧然说。

“一安不会用电脑。”悄悄忽然生起气来，她抱住弟弟，“一安，我会想你的，只有你不会看不起我。你是我最好的朋友。”

弟弟问：“你去哪儿呀？”

“北京。”

“远吗？”

悄悄随手指了一个方向：“不远，你想我了，就写信告诉我，我会回来找你玩的，好不好？”

“好。”弟弟点头。

悄悄不再出现在书店的窗口边，她放在那里的那堆漫画书因为无人问津而落满了尘埃。弟弟有时会在天黑之后看着窗外。

“悄悄今天还不会来吗？”

“她在北京呢。”萧然回答。

“那她今天会来吗？”弟弟不屈不挠地追问。

“这——”萧然被问住了。

“如果你想她了，可以写信叫她来找你玩儿。”江一桐告诉弟弟。

“想她也不能告诉她。”

“为什么？”

“会打扰她，”弟弟的口吻不像是他自己的，他说，“爸爸说过，想她也不能告诉她，会让她为难。”

毋庸置疑，爸爸口中的那个“她”，指的就是江一桐。

江一桐走到二楼，进入爸爸和弟弟原先住的房间，她在床头的柜子里看到一张黑白照片，是她小时候拍的，大约五六岁，她骑在爸爸脖子上，手里举着一枝野花，笑得前仰后合，爸爸双手紧紧拽着她的腿，眼睛向上斜着，想要努力看到她的样子。

在江一桐的记忆中，她与爸爸仅存的零星欢乐时光，大约也就是这些。她还没来得及问问爸爸，在自己小时候，他们父女之间还有没有别的趣事。

江一桐拿出手机，拨出爸爸的号码：“对不起，您拨打的电话已关机！”不论江一桐拨出去多少遍,她能听到的只有这样一句话了。

2 你的微笑

不知不觉间，爸爸的葬礼已经过去一个多月了，小牧带着女儿来书店告别："婷婷的手术费，我凑齐了，我计划过几天带她去做手术。"

"那些疤都能清除吗？"方越把婷婷抱在怀里。

"不，医生说这会是一个很漫长的过程，"小牧露出一如既往的笑容，"总之我会陪着她的。"

"如果你在手术费方面有什么需要，我可以——"江一桐伸出橄榄枝，她知道小牧面对的会是怎样一笔巨额款项。

婷婷摆摆手，小牧伸手摸摸她的小脸："谢谢，可是不用了，我会自己想办法的，真的谢谢。"

"阿姨送你一个礼物，好不好？"方越的妻子把婷婷抱走了。

几分钟后，婷婷走进书店，所有人都屏住了呼吸。萧然眼睛都舍不得眨一下："太漂亮了！"

婷婷摘掉了一直戴在头上的帽子，换上了一顶假发，黑色的直发遮住了婷婷耳后的疤痕，让她看起来和正常的小女孩没什么两样。

"还是有些大了。"方越的妻子遗憾地说。

"我觉得挺好，婷婷长大一些，也可以继续用。喜欢吗，婷婷？"方越揽住妻子的肩宽慰。

"哪儿来的假发？"方文博问道。

"还能是哪儿来的？当然是你妈妈的。她昨天知道婷婷要去外地做手术了，就连夜把假发改小了，我觉得还是挺不错的。"

方越的话让方文博更加困惑，他还想要问下去，萧然给他使眼色，他们两个一前一后走出了书店。

"等婷婷再回来，就是一个越发漂亮的小姑娘了。"方越摸着婷婷的头。

江一桐送小牧父女离开时，看到方文博红着眼眶，低头看着自己的脚尖，萧然叼着一根烟，悠然地吐着烟圈。

"你和他说什么了？他怎么会突然变得这么伤心？"在方文博走进书店后，江一桐低声问道。

萧然示意江一桐回头，透过玻璃窗，可以看到方文博站在方越夫妇面前，他试探着把手放到方越妻子的头发上，轻轻一拉，满头的黑发就脱落下来。

“怎么？”江一桐也有些没想到。

在方文博扯开嗓门的用力哭声中，江一桐听萧然讲了一个关于假发的故事。

方文博的哥哥出事后，方越的妻子开始脱发，或许是压力过大，也许是悲伤过度，不知道什么原因，她原本浓密的长发在每天早晨起来，都会随着梳子掉落一地。方越带着她去看了许多医生，也吃了不少药，但都无济于事。

方文博那个时候，沉溺于自责中，不肯面对现实。方越的妻子便决定搬到自己的舞蹈工作室去，一来方便她治疗，二来也可以避免脱发的事实被方文博发现。

“我以为，你搬走是因为怪我害死了哥哥。我以为，你不回家是不想见到我。我以为……”方文博哽咽的声音传出来。

“妈妈只是想让你好好地、没有负担地生活下去，怪妈妈没有和你说清楚，怪妈妈。”温柔如水波的声音，缓缓在空气中起伏。

“你妈妈不肯让你知道，就是担心现在的情形发生。”

方越将妻子和儿子搂在自己胸前，从他脸上的表情，江一桐很难区分出他是释然还是孤独。

“为什么你什么都知道？”

江一桐说的话，令萧然错愕了一下，旋即他就明白过来，他把自己的右半身朝向江一桐。

“如果你也缺一条胳膊，你知道的不会比我少。”

“什么意思？”

“你知道对一个不幸的人来说，最好的安慰是什么吗？就是把自己的不幸拿出来给他看一看。”

“你是说比惨会得到幸福感？”

“这怎么会？”萧然笑得很大声，他在斟酌词句，“我记得你说过你看不透我，其实有时候连我自己也看不透我自己，这些年在社会上瞎混，我太容易就知道别人想要的是什么，可是我从来也不清楚自己想要什么。刚来到你这里，其实就是想找一个可以待的地方，过一天算一天，可是后来，我越来越喜欢这个地方了。虽然我从小就不爱看书，你这一屋子的书，我到今天为止，一本都没读完，但是那又有什么关系呢？我就是想留在这儿，和你们待在一起。最开始的时候，我觉得你们只是在可怜我，因为我没有家，没有钱，连一个完整的人都算不上，我想，好吧，既然你们可怜我，那我就把可怜的那面给你们看个够，你不是问我为什么什么都知道吗？就是因为我每一次‘诉苦’的时候，你们那里总是有‘更苦’的故事等着我。”

“因为我们和你同病相怜，所以你觉得这里适合你留下？”

萧然穿着江一桐第一次见他时的那件衬衫，洗得发白的领子立在脖颈处，胸口还有洗不干净的血渍，已经形成了深黑色的斑点。

“在我的眼里，生活乏善可陈，不值一提，可是在你们的眼里，再破碎的生活也值得一试。”

“我想你口中的‘你们’，不包括我。”

“当然包括你，也包括我自己。”

屋顶飞来一只麻雀，跳动着小小的、轻盈的身体，它在原地转了几个圈，重新飞上了天空，不偏不倚地，一摊白色的粪便落在了萧然的肩膀上。

“这真是没有办法的事情。”江一桐模仿爸爸的口气，看着萧然无奈地盯着肩头的污渍，有些想笑。

“有什么办法呢？”萧然抬头看了看天，眼睛被太阳光照射得无法完全睁开，“春天要来了。”

爸爸去世后，在家里倒是显得更加有存在感。江一桐在收拾房间时，看着大小不一的储物盒发愁。

“这些东西都要放哪里才好呢？”

“爸爸知道。”弟弟说。

“可是现在，我们没办法再去问爸爸了，得自己想办法。”

“这样啊，真是没有办法。”

弟弟遗憾地叹气，他继续低下头看书，对于爸爸去世这件事，他表现得很平常，没有像其他孩子那样哭闹不止。

“要不要先放到门口？”

江一桐问爷爷，她觉得在爸爸去世后，爷爷似乎对她有些不满，原因是什么，她不得而知，只是从爷爷的态度上可以觉察出这一点。

“随便。”爷爷话里带着刺。

吃晚饭时，弟弟剩了半碗饭吃不下。

“以后如果吃不完，就不要盛那么多。”江一桐拿起碗，准备倒掉。

“以前爸爸会帮我吃光的。”

“可是爸爸不在了，以后没有人会帮你吃掉这些了，你得学会自己照顾自己，包括吃光碗里的饭。”

“我帮他吃，不要再说了。”爷爷捧起弟弟的碗，勉强把里面的米饭和蔬菜吃光。

夜里，江一桐给爷爷找胃药：“明知道自己的消化不好，干吗还要吃那么多？病倒了怎么办？”

“我自己会看着办的。”

“这说的是什么话？我难道会不管你吗？”江一桐有些生气，她双手托在腰后，最近身体越来越笨重。

“不管也没关系，你要做的事情已经做完了。”

爷爷说完之后，将身体扭到一边，不再作声。江一桐把药和水放到床头，搜刮了几个话题试图搭话，但都没得到爷爷的回应。

江一桐想爷爷不高兴，大约是认为自己很快就要离开，她想和爷爷解释自己目前没有离开的打算，但是又觉得这样的小事，刻意去解释显得有些无从开口。

肚子在最后的阶段，好像吹足了气体，快速地膨胀起来。萧然不放心江一桐独自去医院检查，陪她一起来到妇产科。

“原来生孩子前，要这么麻烦。”萧然脖子上挂着江一桐的包，一只胳膊扶着她慢慢向电梯走去。

“我也是第一次体验到，有点后悔了。”

“现在后悔也晚了。”

“任何时候后悔，都是迟了一步的事情。”

两个人说着话，向医院的大门走去，迎面遇到了罗嘉，他抱着儿子布丁，布丁在他怀里挣扎得像一条泥鳅，哭喊着要找妈妈。

“已经检查完了吗？”罗嘉一边安抚布丁，一边问。

“嗯，完了。”

“我还以为会是在下午。那你先回去吧，我这里——”罗嘉不好意思地把布丁向上托一托，“带他去看看牙科。”

“我不去，我不去。”布丁的哭喊声洒了一路。

“和这样的男人结婚,应该是许多女人都希望发生的事情吧？”萧然站在路边，伸手拦车。

“我想是吧。”

江一桐想起她和罗嘉、林晗三个人在一起的时光,从青涩到成熟,每次他们三个人在一起时，江一桐和罗嘉就说不上三言两语，双方仿佛不知道该聊些什么，只有当林晗不在场时，他们之间的谈话才会正式开始。

林晗不止一次地问过江一桐：“罗嘉那么爱你，你一点点动心的感觉都没有吗？”

“没有，我不爱他，从来没有爱过。”

在北京的那一次慌乱而诚实的吻，是江一桐第一次，也是唯一一次向罗嘉表明心迹。她总是在彻底失去之后，才懂得自己内心的感受。

然而事实一次又一次地告诉她，所有的一切都已经过去了，再怎么想也是于事无补的。

温热的空气里不知何时飘满了柳絮，白色的絮状物填充着城市里的每一个角落。

“今年的春天，来得特别早。”爷爷在去医院的途中，看着被白色“棉絮”裹挟的街道说道。

爷爷的身体越来越差，精神也总是不好，多数时间，他都躺在爸爸曾经用过的那张躺椅上。

“咱们去菜市场吧，买点鱼回来。”萧然的爸爸虽然早已关掉了那家没有什么人去的小饭馆，但是做菜的热情依旧不减。

“不去。”

“那买点牛肉。”

“不买。”

“怎么这么没意思——”萧然的爸爸不满地走开，但是用不了一会儿，他又会折回来，将之前的话重新问一遍。

“老萧，你安生一会儿吧。”萧然说。

“我想做我儿子爱吃的红烧鱼，万一他回来了，就可以吃了。”

“你儿子爱吃的是红烧鱼啊？”萧然故意提高音调，用质疑的口气问道。

“对——是的吧？”萧然的爸爸紧张地攥紧拳头。

“是，他和我说过，他最爱吃红烧鱼。”萧然的回答，令萧然的爸爸眉头舒展，他拎起菜篮，出门后朝着和菜市场完全相反的方向走去。

爷爷看看厨房，里面一半的空间堆满了大大小小的箱子，有爸爸用过的东西，还有没吃完的药。

隔着远远的距离看一眼，爷爷仿佛就能感觉到爸爸的存在，江一桐有时也忍不住随着爷爷的目光探进厨房，似乎爸爸真的站在里面似的。

把爷爷送去医院，是江一桐坚持的事情。她凭着一点直觉和预判，觉得爷爷的身体并没有看起来那么好。

检查做完之后，医生说需要做手术，但是术后会有风险，毕竟爷爷已经是九十岁出头的老人了。

“如果不做手术会怎么样？”江一桐问。

“那时间会很快，你看这里，这里。”医生指着拍出来的片子，“都有出血点，这些都是很危险的信号。”

“做手术。”江一桐很快决定了。

“你要不要和病人商量一下？其实手术之后，病人能否康复痊愈，也无法保证，他的岁数已经够大了。”

医生的话在暗示，对待一个风烛残年的老人，何苦还要让他再经受一场没有十足把握的手术呢？

但是，江一桐不得不选择进行手术，爷爷还没有看到她的孩子出生，他们之间连一场像样的谈话都还没有过，她不想让爷爷就这样离开。

手术的前一夜，江一桐在病房陪护，护工老常躺在一旁的折叠床上小憩。江一桐希望老常来看护爷爷，一方面觉得老常做事令她放心，另一方觉得老常照顾过爸爸，他和爷爷之间，会有共同的语言。

“别紧张，麻醉之后，就什么都不知道了。”江一桐说。

爷爷平躺在病床上，看起来还是和健康的老人一般无二，但是明天他就要上手术台接受颅内手术了。

江一桐不知道自己做出的决定是不是正确的，她只是想让爷爷活得更久一些，好像爷爷多活一天，她的那些对于过往的后悔就会少一些。

“下不了手术台也没什么，你爸爸应该会很高兴早点见到我。”

“他才不会高兴，他肯定会想，哎，怎么这么快就来找我了？我还没有清净够呢。”江一桐的话把爷爷逗笑了。

“他怎么会清净？两个女人等着他呢，也不知道他这次会怎么选择。”爷爷也难得地开起了玩笑。

“我想他还是不会选择妈妈。”

“嗯，”爷爷轻轻咳嗽一声，老常警觉地翻起身，看到江一桐还在，又翻个身躺下，“你妈妈是我为他选的，不是他自己选的。”

爷爷提起了妈妈自杀前的事情，妈妈比以往更早地去了医院，她整理了病例，清扫了办公室，甚至连走廊都认真拖了一遍。

据一位护士回忆，妈妈还去看了看在襁褓中熟睡的弟弟，然后，她就径直穿过走廊，从窗口翻了出去。

“我赶到医院时，你妈妈已经被送去抢救，在医生宣布她的死亡时间时，不知道为什么，我觉得你妈妈在笑。”

爷爷看了看一旁的江一桐，江一桐一声不吭地捧着水杯，手指一圈又一圈地摩挲着杯口的弧度。

“她真的在笑，一种终于放松的笑容。那个微笑，我现在还能清楚地想起来，特别松弛。”爷爷说。

“很晚了，你早点休息吧。”江一桐站起来。

“你是不是还在怪你爸爸？怪他对你妈妈不好，怪他做了对不起你妈妈的事情？”爷爷追问。

“我不知道。”

“我也怪他不识好歹，你妈妈那么好的人，他一点都不懂得珍惜，可是这些年，我每次想起你妈妈的那个微笑，就觉得你妈妈没有怪他了。其实，感情是两个人之间的事情，旁人是看不到本质的。”

“妈妈是不是原谅了他，只有妈妈自己清楚。这些年，我也想过不去怪他，毕竟他有自己的生活可以选择，我没有权利干涉。但是我没办法做到，我可以让自己不恨他，但是我没办法让自己原谅他，因为他，我失去了妈妈，失去了自己的家，就连我原本规划好的生活也因为他被打碎了。我不知道妈妈死前是否带着微笑，就算她真的笑过，我想也是她觉得自己终于可以不必忍受那段婚姻。”

“算了，不说了。”爷爷发出了声音。

“算了。”江一桐也不想再提起爸爸，这段时间，爸爸总会以各种方式令她想起，人都已经不在了，却还是这样固执地充斥在自己的生活里，令江一桐感到苦恼。

爷爷的手术进行得很顺利，可以慢慢坐起来，吃一些流食；听到老常说起和爸爸有关的话，也会点头，或者摇头发表自己的意见。

“下周就要手术了，紧张吗？”罗嘉的办公室里，江一桐坐在椅子上，等待最后倒数的日子过去。

“有一点。”

“放心吧，我会发挥我最高的水准来帮你做这台手术。”林晗安慰江一桐，她回国之后，特意从别的医生手中接过了这台手术。

“是弟弟还是妹妹？”布丁指着江一桐的肚子问。

“现在还不能告诉你呀，要等一个星期才知道，别着急。”林晗在儿子的面前，总是露出难得的耐心。

“为什么不能现在就知道？”

小孩子天真可爱的问题，江一桐也没办法回答他。

“因为许多事情，只有等到最后才知道结果。”罗嘉把布丁抱到腿上，林晗眼里带着笑意站在他们身旁。

虽然没有爱情，但他们是无可替代的一家人。江一桐想到了爸爸也曾努力为自己做过的许多事情，便觉得爸爸也并不是不可原谅的。反倒是一直逃避过去、不肯面对现实的自己，从没有试着去解开困扰着自己的问题。

江一桐结束了剖腹产手术之后，才知道爷爷的病情又反复加重，已经无法开口说话了。江一桐抱着刚出生的女儿，坐着轮椅去爷爷的病床前，她将女儿放到爷爷的手边。

“看得到吗？她在睡觉。”

应该是能够听到江一桐的话，爷爷已经无法抬起眼皮的眼睛用力挤了挤，手指头也在使劲抬起。

“他还会醒过来吗？”江一桐问医生。

“几乎没有这种可能性了。”

“他还没有想好给我女儿起什么名字呢。”

江一桐的话，对医生来说不具有任何效果，在医生的眼里，死亡是一种常态，无时无刻不在发生。

但是对于亲属来说，每一位病人的离去，都是一种难言的痛苦体验。江一桐十分后悔在爷爷手术前那个晚上和他争执。

“你已经尽力了。”医生安慰道。

“不。”江一桐看着爷爷，他的样子一点也不像是一个重病患者，他的脸颊甚至还泛着红晕。

接下来的时日，爷爷并没有丝毫起色，他甚至都不能自行呼吸了。

听到江一桐要为爷爷上呼吸机的要求，罗嘉感到十分惊讶，他说：“我以为你学过医，应该会知道——”

“我知道，当然知道。”

呼吸机一旦装上就像是给人的身体装上了一台能量泵，通过那台机器，病人会以痛苦为代价，进而延续有限的生命。

“这样做值得吗？”罗嘉试图劝阻。

“怎么不值得？当然值得，爷爷还没有抱一抱——”江一桐还没有给女儿想好名字，她一时不知道该怎么称呼那个刚降临的小人儿。

“你替你爷爷想一想，他这样活着，有什么意义？”罗嘉的话，令江一桐不知道该怎么开口。

在最初劝服爸爸去治疗癌症时，爸爸也曾说过类似的话，他站在书店里说治疗对他来说没什么意义。

果真如此吗？对于面对无可逃避的死神追捕的那些人来说，尽快地走入死亡，会比活下去更有意义吗？

江一桐凑在爷爷的耳边问：“再陪陪我和弟弟，好吗？”

爷爷无法给出回答，他一动不动地躺着，想着爷爷被装上呼吸机后，会以这样的姿势挺过接下来的日子，江一桐有些动摇。

"不愿意吗？"

爷爷还是没有回答。老常对江一桐说："总要有这么一天的，迟一点或者早一点，只是对你自己的一个心理安慰。"

"你也不赞同装呼吸机吗？"江一桐问。

"这是你们家属的意愿，我没有什么可说的，不过，"老常摆弄着手边的东西，"在医院这么些年，到最后迟迟不肯甘心让病人离开的，往往是平日里觉得自己做得不够好，或者不够多的家属，因为觉得有亏欠，所以就想要把病人多留在自己身边几天，但是照我看来，他们是在用病人的痛苦，弥补自己的过错。"

回到书店，江一桐看到弟弟独自待在爷爷的房间里。黄昏转瞬即逝，夜幕倏忽而至，她一向认为弟弟不懂死亡的意义，但此刻，看着弟弟的背影，她想没有人能比弟弟更了解失去背后的真相。

3 出生的季节

一直被耽搁的全家福是在爷爷的病床前拍的，萧然拿着相机半蹲，他不停提示："左边点，再来一点，好了，再来一张，笑一笑——"

江一桐抱着女儿，和弟弟靠在爷爷身边，他们脸上都没带笑容，萧然看着相机里拍好的照片，露出不太满意的神情。

罗嘉做完手术时，萧然已经带着弟弟回书店去了，江一桐留在病房里，和爷爷沉默地相对。

"你试着和他说说话，都说病人能听得到。"老常建议。

可是，江一桐不知道该说些什么，和爷爷在一起时，总是爷爷说得多，她更多时候是听众。

"今天下了点小雨，你孙女和孙子来和你拍照了，你孙子长得可真帅啊，和你一个模子刻出来的。"

老常本来是要为江一桐做个示范，但是他一开口，就止不住地说了下去。看着老常娴熟地和爷爷闲话家常，江一桐觉得自己连这样一点小事都做不好，却还想要用呼吸机的方式把爷爷留在身边，任谁看到也会觉得她很可笑。

“罗医生。”老常看到了站在病房门口的罗嘉。

“对不起，我没能来得及给你们拍照。”坐在医院门外的咖啡馆里，罗嘉双眼充满红色的血丝。

“没什么，已经拍完了。”江一桐面前的牛奶已经冷了，她用勺子一圈一圈搅动起螺旋状的波纹。

“我们两个好像是错着节拍，什么事情都差那么一点点时间和机会。”

“是啊，可是这也是没有办法的事情。”

“你还好吗？孩子还好吗？”

“都好，孩子有邻居帮忙照顾，比我自己照顾得体贴得多。”

江一桐的女儿大部分时间都待在方越家里，他们一家三口对这个“新成员”很喜爱，方文博每天放学后第一件事就是冲到摇篮前。

有几次，江一桐看到方越的妻子抱着自己的女儿，轻轻哼着摇篮曲的样子，心里便觉得十分安详。

“接下来有什么打算？”

“还没想好，可能会带着弟弟一起离开吧。”

江一桐还没有做出决定，不过她已经决定不给爷爷上呼吸机了，她想既然迟早要告别，她还是希望爷爷能够走得尽量安详一些。

“你愿意和一安生活在一起？”

“他毕竟是我唯一的亲人了。”江一桐说出“亲人”二字时，自己也感到有些诧异,最后陪伴在身边的,竟然是最初无比恼恨的人。

“你能这样想，真好。”

“你怎么不留我？”

“为什么要留你？”罗嘉笑得露出整齐的牙齿，“我们已经过了以为少了谁就无法活下去的年纪了，只要是你决定的，无论去留，我都尊重。”

“听到这样的话，我只会觉得自己老了。”

“别这么想，我们都还没老，可是也不会再做年轻时候的事情了，我留过你，而你没有为我留下，这是我们的过去，现在的我们，不会再做同样的事情了，我不会再留你，而你即使留下，也不会是因为我。”

罗嘉还要去工作，他将面前的咖啡一饮而尽，便走出了咖啡厅。看着他晃晃悠悠的背影，江一桐想到以前上中学时，每次他们一起走到巷子口时，罗嘉都会挥挥手，喊一句：“明天见。”然后，书包拖在屁股上，慢吞吞地离开。

很多人，因为习惯了他的存在，所以就会视而不见；很多事，因为无法回头再看，所以就任其随波逐流。

这近一年的时间里，江一桐觉得自己发生了某些说不上来的改变，她更加在乎生命给予她的脆弱的礼物，只是带给她改变的人，有一些已经永远地离开了。

爷爷去世时，弟弟站在江一桐身后，他看着护士将白色的床单遮到爷爷的脸上，迷茫地问道："爷爷也死了，对吗？"

"对。"江一桐感到很抱歉，尤其当她听到弟弟用了"也"这个字，但是她什么话也说不出来。

"我们拍的照片，爷爷还没看呢。"

"那不是拍给爷爷看的，是留给我们自己看的。"

"我们看？哦——以后再也看不到爷爷了，只能从照片上看到了，就像我想妈妈的话，就看看她的照片。"

弟弟的恍然大悟，令一旁的老常热泪盈眶。江一桐拉住弟弟的手，这是她第一次主动和弟弟这样亲近。

"还有什么话想对爷爷说吗？"

"他听得到吗？"

"听得到。"

"人死了以后，就什么都不知道了。"弟弟笃定地指出江一桐的"错误"，他握紧江一桐的手，"姐姐，我还要过好久好久才会死的。"

江一桐慢慢弯下腰，她抱住弟弟，用尽了自己全身的力气，将这个她曾经无比憎恶的孩子搂在怀里。她不想松手，也不能松手，此时此刻，今生今世，与她血脉相连的亲人，便只有眼前这个心智不全，但是善良懂事的孩子了。

“没关系，没关系。”

江一桐不知道是在对自己说，还是在对弟弟说。她想到了此刻应该刚睡醒的女儿，她在做什么呢？在喝奶？在发呆？还是在无缘由地大哭？他们三个从今往后便是永远的亲人了，谁也不能把他们分开。

“姐姐，别哭。这也是没有办法的事情。”弟弟擦拭江一桐流出的眼泪，他总是这样轻而易举地击溃江一桐好不容易筑起来的心理堤坝。

爷爷的葬礼比起爸爸的葬礼，更加简单。爷爷和奶奶葬在了一起，时隔数十年，他们终于又在一起了。

在奶奶的墓碑前，江一桐看到了一些中药材，拈起一片当归，放在鼻子下嗅一嗅，还有零星的甘苦味。

“谁放的这些？”江一桐纳闷。

“是爷爷。”弟弟说。

“你怎么知道？”

“爷爷带我来过，我看见的，他从一个袋子里拿出来好多这样的东西，放在这里，说是给奶奶的。”

“为什么要给奶奶这些草药？”

江一桐的话，让弟弟感到有些困惑，他总是不能完全地理解类似于“为什么……”这种句式的意思。

“爷爷那天还做了什么？”江一桐换了一种问法。

“爷爷哭了，他说都是自己不好，还说让奶奶不要生他的气，还有——”弟弟在仔细地回忆，“还有，爷爷说下次再来，还会给奶奶带这些东西，这些药不苦，奶奶不会喝不下去的。”

江一桐想到上一次，她和爷爷来公墓时，爷爷说要去看一个老朋友，应该指的就是奶奶了。可是他当时为什么不肯告诉江一桐呢？也许在爷爷的心里，他还是把江一桐当作了一个随时会离开家的人，不愿意和她分享太多的往事。

“爷爷还说了什么？”

“还说爸爸生他的气，你也生他的气，说你们都不愿意和他说话，他很想早点死掉，这样你们就不会再和他生气了。”

听了弟弟的话，江一桐觉得爷爷真是一个小心眼的人，明明每一次都是他率先闹别扭，可是在奶奶面前，却把过错归咎到了自己和爸爸的头上。

心里虽然有些不满，但站在爷爷的墓碑前，江一桐却是怎么也生不起气来，爷爷那时候该是多寂寞，才会来找早已不在人世的奶奶倾诉。就像讨好一般地还带着“礼物”，仿佛空手而来的话，奶奶也会如同爸爸和自己那样对他不予理睬。

书店继续照常营业，光顾的客人比冬天时多了一些，但不知道为什么，江一桐总觉得书店冷清了不少，不知道是不是爸爸和爷爷不在的缘故。

萧然和他爸爸依然是书店每晚的常客，萧然会试着声情并茂地为他爸爸读一个童话故事，遇到不认识的字时，两个人会头抵着头猜测应该怎么念。

“我儿子小的时候，我也是这样讲故事给他听，他听着听着就睡着了。”萧然的爸爸说道。

“还要再听一个吗？”萧然问。

“再讲一个吧。”

在萧然时而夸张时而平缓的讲述中，萧然的爸爸靠在书架的一角，手里拿着《安徒生童话》，沉沉地睡去。

“其实，我小时候，从没听他讲过故事。”

萧然将头枕在他爸爸的腿上，伸展双腿，他们父子两个人，几乎把书店三分之一的位置占满了。

“你也许不记得了。”

江一桐也听妈妈说过，爸爸在她小的时候，会侧躺在床边，讲故事哄她入睡。虽然她一点印象也没有，但是妈妈无数次地描述当时的那个场景，她讲得如此真实，令江一桐不得不深信。

“你知道我是怎么被人贩子抱走的吗？那天，他看到有人在打架，就凑上前去看热闹，把我放在身后的自行车上，等他想起我来的时候，我早就没影了。”

“我想你爸爸也很自责，他当时只是大意了。”

“他从来没有给我讲过故事，我被拐走之前，他甚至都很少回家，他是一个不负责任的浑蛋，所以我妈才会和他离了婚。我回来以后，我妈希望我和她一起生活，可是看着她那个新家，哪里还有我的位置？我只能和我爸一起生活，我没有选择。他常常喝酒，喝醉了就会讲他年轻时候的事情，讲他没有好好对我，没有好好对这个家，讲他如何让我妈一次又一次地失望，讲他因为一场莫名其妙的街头热闹而弄丢了他唯一的儿子。他喝醉酒的样子真的很可怜，可是当他清醒过来之后，他就只会骂我，骂我不争气，骂我什么都不会做，只会给他添乱。这些年，我们就是这么过来的，过得丢人现眼，过得乱七八糟。”

“不管怎么样，你们谁也没有离开谁，不论出现了多大的争吵，你们都留在对方的身边。萧然，你是个好儿子。”

“老板这是在夸奖我吗？”

“我是在羡慕你，如果当年，我也能一直留在这里，留在这个家里，而不是一走了之，也许今天，我就不会觉得自己——”江一桐听到书店门外远远地响起了脚步声，她看到一个穿着细长高跟鞋的女人站在了书店门外。

“什么？”萧然也伸长了脖子，看向门外。

“觉得自己身体里少了一些东西，永远也无法填补起来。”

江一桐的话音刚落，门外的女人就推开门，走了进来。她脚底的高跟鞋踩在地板上，发出持续的撞击声。

“嘘。”萧然指了指那个女人的鞋子。

“对不起。”她立刻将鞋子脱下，拎在手里，饶有兴趣地在一排又一排的书架前驻足，仔细观看。

女人看起来很年轻，不会超过二十五岁的年纪，脸上化着精致的淡妆，手里的皮包看起来不会便宜。

“这里几点关门？”她的声音很好听。

“天亮的时候，你可以随便看看。”萧然见到美丽的女人，总是表现得十分积极和热情。

“通宵营业？那这里的会员怎么办？我想先来一个月的。”女人拿出钱包，江一桐可以看到她的钱包里塞满了厚厚的红色纸币。

“我们这里——”

江一桐的话还没说完，萧然就强行打断，他伸出手，微笑点头：“包月两千，茶水畅饮无限制。”

方越的妻子回来住之后，他最近都在家里休息，听说书店里居然来了这样一位神秘动人的客人，他接连几天都留在书店，希望能够遇到。

“今天怎么还没来？”方越有些失望。

“大概有什么事情吧。”江一桐不觉得有什么奇怪，临时出差，或者接连加班，又或者那天的光顾本来也只是一时的心血来潮。

书店只来一次的客人并不少，不过像那个女人那样丢下两千元就再也不上门的客人，确实第一次见到。

“我觉得我们以后就可以推出会员制，吸引新老顾客，你要不要先办一张会员卡，给你打折？”萧然看着方越。

“我还是回家去吧。”方越开门溜走了。

“下次她再来，你把钱退给她。”江一桐叮嘱道。

“为什么？”萧然不肯。

“我们这里本来就不是为了挣钱才开的，而且你收她那么贵的费用，你自己心里过意得去吗？”

“过意得去啊，是她主动要给的。”

“反正得退钱，别说了。”

江一桐不再和萧然争辩，起身走进爷爷的卧室，现在她和女儿住在这里，弟弟独自一人睡在楼上。

女儿在摇篮中酣睡。她长得很快，上个月买的衣服，现在穿在身上已经露出了肉乎乎的脚脖子。

爷爷房间里的家具和摆件，江一桐没有移动过。她将爷爷的衣服和生活用品装到了纸箱里，本想将床底下清空，将爷爷的东西放进去，但是江一桐把床下的箱子打开后发现，里面放的都是属于奶奶的东西。

在衣柜的最底层，还放着之前江一桐整理出来的爸爸的东西，她记得那些东西，她原本放在了书店的门口，不知道什么时候，被爷爷偷偷塞进了自己房间里。

爷爷这一生，经历了许多次的生死离别，他所能留下的，也只有亡者生前的这些稀松平常的物件。

坐在爷爷的床上，江一桐看着大大小小的箱子，里面装着的全是没用的东西，即便扔到垃圾站，也不会有人去捡。

用了几天的时间，江一桐把这些箱子收纳进了房子的各处角落里，她不知道自己有一天，会不会打开其中某一个箱子，指着其中一件东西告诉女儿："看，这是你外公年轻时候穿过的衬衫，那时候很流行的。"

江一桐只是觉得，有这些东西在自己随处可见的地方，会让她觉得逝去的人还没有走远，还在她抬眼就能看到的地方。

门口的梧桐树开了花，每天早上，都会落下一地的紫色花朵。江一桐抱着女儿，指给她看树荫下的枝叶和鲜花。

"香吗？"江一桐把一朵花轻轻放到女儿的鼻子下，女儿用力地嗅着香气，露出无邪的笑容。

"想想，又长大了。"方越从江一桐怀里接过女儿，抱着她在不停地举高，女儿的笑声嘹亮地在巷子里响起，像风铃一样悦耳。

江一桐给女儿起名叫想想，一个听起来就很柔软，需要备受亲人爱护的名字。看着女儿和老高一样的眉眼，一样宽大的额头，江一桐想，如果老高在那次登山后安全返回，他看到出生的是女儿时，还会不会燃起带她去冒险、去看一看这个广阔世界的念头。

"我想和你说件事。"萧然打来电话。

“说吧。”

“晚上吧，我去书店说。”

“好。”

萧然在电话里的声音有些低沉，江一桐可以想象到电话那端，萧然脸上凝重又深思的表情，那是告别的前奏。

在这个季节，草木生长，在冬日死去的，全部都复苏而生，就像一个奇迹，整个世界让人挪不开视线。江一桐的目光紧紧追随着女儿的笑脸，她想，在经历了这么多别离之后，总还是有人留下，她想用接下来的时光，好好与留下的人相伴。在这间书店里，在这条承载了她许多记忆的巷子里，她希望能够和过去的自己达成谅解。看着女儿亮到让人心里生疼的眼睛，江一桐想，从现在开始，她要好好地生活。

4 回忆的歌

“今天没有人？”进来的是那个书店里唯一办了会员卡的女人。

江一桐正抱着女儿在哄她睡觉：“有时候这里一个顾客也没有，你先看书吧，有什么需要叫我。”

“她真漂亮，叫什么名字？”

女人蹲在江一桐身边，伸出手打招呼，女儿攥着她的手指，她受宠若惊地把手僵在空中，一动也不敢动。

“想想。”

“哪个字？”

“想念的想。”

“嗨，想想，你好，我叫陆开心，很高兴认识你。”

陆开心应该是一个很喜欢小孩子的人，她不停地讲一些笑话，江一桐看到女儿不为所动地瞪着她看。

“她可真冷静，”陆开心最终放弃沟通，“很像你。”

“她困了，平常这个时间，她已经睡着了。”江一桐把女儿抱进卧室，刚把她放到摇篮里，她就迅速地闭上了眼睛。

姓陆的客人站在一盆野玫瑰前，指尖轻轻触碰枝干上的刺，她低下头闻了闻花的味道，回头对江一桐说：“好像没什么味道——”

“是你身上的香水味太浓了。”

“是吗？”她抬起手肘，用力吸了吸鼻子，无奈地摊开手，“今天参加了一个展会，一屋子的男女，个个都香气扑鼻，我可能是已经被熏得昏了头。”

“喝点什么？”江一桐准备泡茶。

“有酒吗？”

“还是喝茶吧。”江一桐接了一壶水，水很快烧开，她取了少许的红茶冲泡。茶具是爷爷留下的，深褐色的茶碗，不好看，但是捧在手里的感觉，很恰当。

“好烫！”

“慢点喝，这可不是酒，陆小姐。”

“叫我开心就好了，朋友们都这么叫我的。”陆开心放下茶碗，随手拿起身边的书翻了翻，又很快换了一本。

江一桐小口喝着茶，翻看着手里的书，她偶尔抬眼看一下墙上的挂钟，萧然在指针转了一圈又一圈后，始终没有出现。

“你在看什么？”

“宋词。”江一桐把封面亮了一下。

“好看吗？”

“嗯——还行。”

对于陆开心的没话找话，江一桐不想让她觉得自己有心在接她的话，不断望向门口，希望萧然能赶紧出现。

“我今晚能留在这里吗？”

“当然，我们这里本来就是深夜营业的书店。对了，”江一桐起身去抽屉里拿出陆开心上次给的钱，“这是你的两千元，你拿回去吧。”

“为什么呀，这不是会员费吗？”

“没有什么会员，我们这里看书十元，仅此而已。”

“开这样一家店，怎么盈利呢？”陆开心问。

江一桐侧头：“盈利？”

“不赚钱吗？”

“一定要赚钱吗？”

“也不是，只是……”陆开心一时哑然，她目不转睛地凝视着江一桐的眼睛，带着不解和困惑。

“这里是我家，开这间书店，是我爸爸的意思，他是为了让那些夜里无处可去的人能够有停留的地方，也是为了——帮我实现我小时候幼稚的一个愿望。”

江一桐将这些话说出口后，她自己都有些惊讶。她想不到有朝一日，她会这样把爸爸介绍给一个陌生人。

“你爸爸对你真好，不像我爸爸，在我很小的时候，就为了别的女人，抛弃了我和我妈妈。”

陆开心的话，是江一桐没有想到的，就在她犹豫着要不要把那句“我也是”说出口时，萧然出现在了书店门外。

“我以后不能来书店工作了。”萧然是独自前来的，他爸爸没有跟在他身边。

“找到新工作了？”

萧然坐在书店门外的台阶上，江一桐站在离他几米开外的地方，陆开心坐在窗前，隔着玻璃打量他们。

“算是吧，这段时间，给你添了不少麻烦，我和我爸爸两个人，都快把你的书店当成自己家了。”

“干吗突然这么客气？你们愿意做我的家人，我还会不高兴吗？”

江一桐看到萧然嘴角咧开，一个似笑非笑的表情在他脸上绽放。初夏的虫子在墙角不停歇地叫着。

“别说了，再说，我就舍不得走了。”

“萧然——”

“真的，一桐，别说了，我们说点别的，好吗？随便说点其他的，什么都可以。”这是萧然第一次正儿八经地喊出江一桐的名字。

他们各自说了很多有关自己的事情，萧然说起了他失去的右胳膊，他说：“你是第一个知道的，记得要替我保密啊。”

萧然十五岁的时候，整日逃课不肯读书，混迹在校园外，一身戾气，令他的养父母心疼又难过，但是对他无计可施。

贫困的家庭，没有前途可言的未来，以及自己模糊不可探寻的身世，所有的一切都让萧然感到愤怒。他将这愤怒发泄在了自己身上，似乎只有让自己不断地堕落，才会觉得和自己当下的境况相匹配。

没日没夜地泡在网吧，没钱的时候就去学校周围恐吓比自己小的学生，用他们的早饭钱、零花钱填补自己空虚又无用的时间。

在一次和陌生人莫名其妙的冲突中，萧然被打得十分严重，他拖着快要折掉的腿，回到了养父母家里，他们也吓坏了，赶紧为他清理包扎。养母看着他身上的伤，哭着求他别再出去鬼混了，他被哭声吵得不耐烦，当下又摔门离去。

走出家门，又无处可去，他在街边游荡了一夜，又去网吧打游戏，躲在昏暗的角落里，混沌不知地过了很久。等网吧老板发现他不对劲，赶紧打 120 的时候，他已经什么都不知道了。

在医院里，萧然度过了浑浑噩噩的一段时间，他每次睁开眼睛时，都看到止不住哭泣的养母和一直唉声叹气的养父。

“因为伤口感染还是什么原因，我也想不起来了，总之，就那么草率地，我失去了右胳膊，养父母为我治伤，花光了所有的钱，可是当我亲生父亲找来时，我还是头也不回地离开了他们，因为我不能想象自己要和他们待在一起，过那种一眼望到头的贫瘠人生。而且我回来之后，也没有给他们寄过钱，我不接他们的电话，甚至不愿意让自己去想他们，我努力地想要把那段人生从自己的生命中抹去。”

萧然低下头，他的故事令江一桐无话可说，她无法站在道德的高度去指手画脚，毕竟每个人都有自己所处困境的难处。

“我没想到——”江一桐只能这样说道。

“我骗了你，也骗了许多人，我编造了一个悲惨而善良的过去，其实真实的我，是个浑蛋，比我爸还不如的浑蛋。你最初对我戒备和提防是正确的，说到底，我只是一个自私又懦弱的人，我害怕被人厌恶，可实际上，我就是这样一个被人厌恶的人。”

“不，起码，你是个好儿子。”

“好儿子？”萧然摇摇头，“我下午把我爸送去养老院了，是我妈出的钱，你看，到头来，我还在用别人的钱来甩掉自己的责任。我妈说我不能把所有精力和时间都耗在我爸身上，毕竟我还年轻，而我也就这样认同了她的话，我觉得她是对的，所以，我理直气壮地把我爸送进了养老院。”

“这件事情没有对错，去养老院对你爸爸来说，未必是件坏事，在那里，他可以得到专业又安全的照顾。”

江一桐嘴上这样说，心里却想起了萧然爸爸在书店时和爷爷的一次对话。

萧然爸爸："不知道我儿子什么时候回来？"

爷爷："盼他回来再和你吵架啊？"

萧然爸爸："不吵了，不吵了，他这次回来，我再也不和他吵了，不然他一走，就又只有我一个人了。"

爷爷："一个人有什么不好？"

萧然爸爸："一个人就得被送去养老院，我不要去那里。"

"我有件事情，你也是第一个知道的，也要替我保密。"江一桐讲起了自己的妈妈，妈妈在自杀的前一周，频繁地给江一桐打过电话。

当时，江一桐并不清楚这意味着什么，她忙着恋爱，忙着工作，忙着应付医院里的各种事情，她忙得根本没有时间去思考，妈妈为什么会突然这样想念她。

"你什么时候回家？"妈妈在电话里的声音有些沙哑，冬天的时候，她总是很容易感染风寒。

"过阵子吧，我最近特别忙。"

"那我去看看你吧？"

"你要来？"江一桐忙加快语速，"不要，不要，你别来，我这里特别乱，而且我最近真的特别忙。"

"好吧，我不去打扰你。"

妈妈的平淡，嗅不到一丝诀别的气息。江一桐在妈妈去世后的那些日子里，经常问自己一个问题：我是不是才是推妈妈下楼的那个人？

她一想到这个就免不了心惊肉跳，然后快速地否认，她不是那个令妈妈放弃生命的人，爸爸的背叛才是真正让妈妈绝望的原因，而自己只不过是在妈妈需要安慰的时候，没能够及时觉察出妈妈的悲伤和脆弱。

江一桐没有把这件事告诉任何人，包括爸爸和爷爷，她不是想给自己找借口，而是真的认为即使当时自己回到了家里，陪在了妈妈身边，也无力拉住妈妈走向死亡的步伐。因为爸爸的背叛无可遮掩地呈现在了妈妈的眼前。

直到在爸爸房间的衣柜里发现了妈妈生前的日记，江一桐才知道自己一直在多么愚蠢地自欺欺人。

日记本里记录了妈妈在江一桐上大学不久后，就和爸爸离了婚，而她之所以还没有和爸爸分开，是因为她一直在被抑郁症纠缠，爸爸不放心她独自搬出去，就让她一直留在家里生活。

妈妈十分感激这个没有爱过她，但是却一直肯为她付出的男人，她急于康复，好让双方都能重新开始安宁的日子，但是她没有做到。妈妈知道爸爸爱上了别人，她没有嫉妒，只是觉得孤独，又有点羞愧，觉得因为自己，令爸爸翘首以盼的新生活迟迟无法得以正常地开展。

看完日记，江一桐不知道该将妈妈的死归咎到谁的头上，虽然妈妈在日记里写道：“好想桐桐在身边……”但是，江一桐还是不愿相信，是因为自己的疏忽，将妈妈那么多个求生的电话当作了空气，才令她过早地失去了妈妈。

用自己掌握的那点医学常识，江一桐试图宽慰自己，抑郁症是很复杂的病症，自己远在外地，怎么可能想到妈妈会患上这样的病？而一直留在妈妈身边的爸爸，他明明知道妈妈生病了，却还是不管不顾地开始自己的新生活，他不能得到原谅，江一桐无数次斩钉截铁地这样告诉自己。

可是，她心里知道，这是个无耻的念头，她不过是在用恨爸爸的念头，抹平自己心里对妈妈的愧疚。

所以，在林晗为她介绍了那样一个相亲对象时，她几乎是迫不及待地便跟随他离开了，她无法对任何人说明她为什么要走，所以，罗嘉在机场那样挽留她，她几乎要动心转头留下时，心里的一个声音却不停地响起："别回头，不能回头。"

就这样，为了躲避对妈妈死亡的愧疚，江一桐独自在外游荡了十年，她惩罚式的自我放逐，因为重新回到了这里，而得到了拯救。

"你爸爸看过那本日记吗？"萧然问。

"我想他看过。"

在爸爸生命的最后一个月时间里，江一桐和他单独在一起时，他们之间总是出奇地安静，谁也不说话。

因为消瘦，爸爸的眼睛变得很大，空洞的眼神常常望着书店的一角发呆，有时，江一桐会看到他的眼睛里充满了泪水。江一桐好几次都想问他，既然他知道自己并没有江一桐想的那么糟糕，为什么不申辩呢？

但最终，还是因为底气不足，江一桐没有问出口。

在书店门口的桌子一角，写着江一桐的手机号码，弟弟说："爸爸不让我给你打电话，他说姐姐还没想好要不要回来呢，我们不要催她。"

弟弟说："爸爸每天晚上都会把书店外面的灯打开，爷爷说没几个客人，太费电了。爸爸说还是亮着吧，不然她以为我没有等她回家。"

弟弟说："我每次和爸爸说我爱你的时候，爸爸就会拍拍我的头，说我也爱你。我问他那姐姐呢？爸爸说我也爱你姐姐，但是她不知道。"

萧然临走前笑着说："我们真的应该在一起，我们都是坏人。"

江一桐也笑道："如果你在表白，我表示拒绝：如果你还想回来工作，我表示欢迎。这里，永远欢迎无处可去的人。"

萧然摆摆手："当我什么都没说。"

江一桐："再见。"

东方发白，天渐渐亮了起来。陆开心趴在桌上，睡得人事不省。当太阳高高升起，她便会对着镜子补个妆，轻巧地遮住黑眼圈，然后仰着头去上班。

萧然在养老院附近租了房子，他说自己找到了一份薪资不高但时间宽裕的工作，他可以每天去养老院看看他爸爸。

有时候，现实会逼着人们承认自己的无能，对于萧然来说，无力承担他和爸爸的生活，是让他感到羞耻的事情。对于江一桐来说，没能够在爸爸活着时，对他说出自己的歉意，是让她感到羞耻的事情。

可是，许多事情的发生，令结局无法改变，他们只能在睡不着的深夜，独自舔舐着心里的伤口。很多早已远去的被人们遗忘的伤痛，其实并没有离他们的生活远去，依旧牢固地存在于他们的潜意识中，对他们当下的生活，产生影响。

“早啊。”陆开心揉着微微发肿的眼睛，走出书店，惊讶地看着江一桐，“你一晚上都没睡啊？”

“你睡得好吗？”

“特别好，这半年，我失眠得很厉害，吃多少安眠药都不管用，常常是睁着眼睛看天一点一点亮起来。可是昨天晚上，我都不知道自己是怎么睡着的。”

陆开心神清气爽的模样，令江一桐心里有点微微的羡慕，年轻的时候，她也是这样认为，睡一个好觉之后，什么都不是问题了。

“不要在工作上压力太大。”

“不是工作，”陆开心停顿了一下，笑起来，“不全是工作的原因，这里真好，我还会来的。”

“当然可以。”

陆开心的手机响起来，她跑回书店接听。江一桐看到她脸上的神情由漠然变得嗔怒，又转为平淡。

“我先走了。”陆开心走出书店时，脸上神采奕奕，整个人看起来朝气蓬勃，丝毫看不出昨夜她眼睛里藏着的煎熬和寂寞。

方越得知自己再一次与陆开心失之交臂时，不由得感叹缘分的无常和自己的坏运气。他看着放在桌子上的那两千元钱，又自我安慰道：“不过以后还有机会。”

“小心我告诉妈妈。”方文博警告。

“做作业去，大人说话，小孩子别插嘴。”

“我已经做完了。”

“那带一安去外面玩一会儿。”

在方越的催促下，方文博和弟弟去巷子里踢足球去了。江一桐好心地提醒他：“高考马上就到了，你还不让他抓紧时间看书？”

“他那个成绩，现在就是天天不让他睡觉，也考不上什么好大学。”方越倒是显得不急不躁。

“那就这样放任自流了？”

“是顺其自然，他毕竟不是他哥哥，我不能要求完全不一样的两个孩子，按照一样的轨迹发展。”

方文博踢球的动作很是干净利落，弟弟跟在他身后，怎么也碰不到他脚下的球，急得满头大汗。

“踢得真好。”江一桐赞美。

“他哥哥在运动方面不如他，以前他哥哥还在的时候，我和他妈妈总是开玩笑说家里两个孩子，一个好静，一个好动，挺互补，可是他哥哥不在了之后，我总是忍不住想要让他更多像他哥哥一点，仿佛那样，我就会觉得自己的两个孩子一个都没少，我总是说我是为他好，其实我是在为自己考虑，我说我爱他，才会对他要求严格，但是这些话我说得越多，越不明白我到底是在为谁好。”

方越羞愧的笑容，令江一桐感到动容，她以前总认为，以爱的名义，所做的一切就都可以被原谅。

“不过，你放心，他要是考一个特别烂的成绩出来，我也不会饶过他的。”方越接着说了一句。

“这个我相信。”

江一桐泡好的红茶，发出厚重的醇香，她递给方越一杯，阳光洒落在书店的每一个角落、每一本书上。

不知道为什么，江一桐觉得今天的阳光味道特别，有青松凛冽的草木香，还有橙花清甜的芳香，让人觉得温暖又平和。

5 失眠的鹿小姐

陆开心出现之前的一小时，小牧带着女儿来到了书店。婷婷有点认生，躲在小牧怀里不肯下来。

“手术做完了吗？”江一桐问。

“没有，医生说了许多不可预知的风险，我退缩了，我不能忍受婷婷再遇到一丁点的危险。”

小牧看起来苍老了一些，眼角有遮不掉的疲惫。婷婷试探着走到弟弟身边，探过小脑袋看他摊在膝盖上的书。

“每个手术都会有风险，这是正常的。”

“让我再想想，我想再想一想。”小牧宽大的手掌，用力揉搓着自己的脸颊。

“是不是钱的方面，我可以——”

“不，不是。”小牧惊慌地摆手，随即又自嘲地笑道，“钱的确也是个问题，但是支付手术费用的钱还是有的，只不过我真的不确定，是不是真的要让婷婷经受这些。”

“你不想让她变得和正常人一样吗？”

“我当然希望她和别的小女孩一样，能够正常地唱歌、跳舞，可是我也知道即便做了手术，她也不会恢复成原来的样子。既然这样，为什么我还要让她去经受那种痛苦和失望呢？她还这么小。”

弟弟在读一个故事，似乎是《格林童话》里的一个故事，讲了一个单纯的公主，为了找到心爱的王子，将希望寄托于女巫的身上，却一次又一次遭到了女巫的戏弄。不过，故事的结局还是公主和王子过上了幸福美满的生活。

婷婷听得很入迷，她的手指轻轻抚摸上书页，弟弟将书朝她的方向微微挪了一下，两个孩子依偎在温暖的灯光下，沉浸在童话虚伪的幸福中。

“奶奶病得很重的时候，爷爷就找来许多草药给她煎熬，奶奶觉得苦，不想喝，爷爷就说这是他找来的偏方，治病很有用的。奶奶将信将疑地喝了下去，病果然好了一半，她临死前还在遗憾，说爷爷如果早一点找来这个偏方，也许她还能多活一些日子。可是你知道吗，爷爷给奶奶喝的那些药，不过就是调理身体的最普通的中药，根本没有什么偏方，是爷爷骗奶奶的。”

江一桐对小牧讲起了她从弟弟那里听来的故事，在奶奶去世后的这几十年，爷爷总是念叨着如果自己早一点给奶奶喝“偏方”，没准儿奶奶真的可以多活一些日子。

弟弟不懂爷爷的遗憾，他只是照葫芦画瓢地把爷爷自言自语的那些话，重复给江一桐听。江一桐在弟弟的复述中，一次又一次地发现，自己对于爷爷、爸爸，乃至整个家，竟然是这样陌生。

“所谓的偏方，不过就是那么一点点的希望罢了，婷婷需要的就是这一点点的希望，你难道不愿意给她吗？”

“我只是怕她的希望越大，到最后失望就越大。”小牧的心情，江一桐完全能够理解，像婷婷的情况，不断的手术和复健，也许能够令她比现在好一些，但不会好到像一个正常人那样，不论过程如何艰辛努力，最后她走入太阳光下，会发现自己还是一个人人眼中的“异类”，到那时，她一定会为自己曾经的天真幻想感到绝望。

“很多事情，都不会像我们设想的那样。可是我们不得不去做那些毫无希望的事情，不是吗？”

“是啊。”小牧点头。

在小牧带着婷婷离开后不久，陆开心就走进了书店。弟弟抬起头看了看陆开心，对江一桐说：“小鹿。”

“咦？你怎么知道我姓陆？”陆开心惊讶不已。

“他是说你像小鹿，梅花鹿的鹿。”江一桐指了指弟弟手里的书，其中一页插图上画着一只敏捷的小鹿，江一桐也觉得弟弟眼光很精准，陆开心和书页上的那只小鹿，的确有着某种相似之处。

“哦，那以后就叫我鹿小姐好吧？我喜欢这个称呼。”陆开心想去摸弟弟的脸，弟弟轻轻地躲开，抱着书上了二楼。

“你们一家人都很冷静。”

陆开心的话，让江一桐想起了爸爸，他生命的最后几天里，一想到即将要拍的全家福，就忍不住皱起眉头，他说：“到时候我们一定要互相提醒，一定要露出笑脸来，不然看着太奇怪了。”

说完这话没几天，爸爸就去世了。如他所料，最后照出来的那张全家福，照片上的所有人都肃穆悲凉，现在，那张不带一丝笑容的照片，就摆在江一桐的床头上。

陆开心不是一个耐得住寂寞的人，她的话很多，不管江一桐有没有在听，她一个人也能说个不停。

在她的话语中，江一桐得知她居住在人口密集的老城区，那里市井气浓厚，拥挤的街道，一大半被各色小吃摊、水果摊堆满。是她男朋友选的房子，因为他喜欢那里的烟火气和人情味儿。

居民楼阳台上晾晒着各式衣物，楼道里堆满了生活杂物，臃肿的中年妇女提着装满食物的袋子，大声吆喝着自家孩子回去吃饭。

每晚下班后，陆开心回到那里，都觉得误入了旧电影的拍片现场，小区四周弥漫着孜然味道的烟雾，就算到了十一点多钟，街边的烧烤摊还是很热闹。

陆开心不喜欢那里，不喜欢那个有年头的小区，不喜欢楼道外面那扇敞开的锈迹斑驳的铁门，不喜欢每晚站在漆黑一片的家门口，伸手在包里摸好几个来回，才能找到的那把钥匙。

大学时，陆开心爱上了一个男生，她为他放弃了许多大好的机会，在毕业后和他一起来到了这座城市，拎着简单的行李，她跟随着这个男生在这里住下了。

毫无起色的生活，将陆开心的爱情一点一点地凌迟，男友与她背道而驰的价值观，常常让她在深夜感到无比疲累，明明自己已经足够努力了，为什么她视若珍宝的爱情却还是在不可挽救地褪色？从一颗珍珠，变成了滚落泥垢中的玻璃珠子。

“我心里乱得厉害，一天比一天更混乱，我爸妈给我起名字叫开心，可是我越来越不开心。每晚，我都一个人在外面待很久，其实我也没地方可去，可就是不想回家，家里等着我的那个人，我越来越不知道该怎么面对他。”

陆开心的忧伤抑扬顿挫，她许多次想要给男友打电话分手，她连分手词都想好了：对不起，我要离开你，可是这不怪我，这都是你的错。

不过，江一桐一次也没有见她将那通电话打出去。

“你不爱他了？”

“不，我爱他，我只是不知道该怎么去正确地爱他。”

“你们是两种人。”

陆开心的家庭优裕，她自己也渴望拥有更多的机会，但是她的男朋友只希望能够过一种世俗中最常见、也最能被普罗大众所理解的庸常生活。他们彼此相爱，但是却不能够相互理解。

“不同的两种人就无法相爱吗？”

“不，不能这样说，只是——”江一桐放弃地笑了笑，“算了，我也不知道。”江一桐不知道该如何详尽、准确地描述自己的内心感受，她知道陆开心是无法真正理解的。这个世上，一个人理解另一个人，是需要时间的。她和老高，朝夕相对那么久，还是没办法做到开诚布公；她和爸爸，身体里流淌着相同的血液，但是直到他们永远分别的那一天，还是没办法做到真正地完全理解对方。

悄悄给弟弟写的信寄到了，信封里塞了一张粉红色的卡片，江一桐问弟弟：“都写了什么？”

弟弟把卡片递给江一桐。

“不，这是你的信。”江一桐拒绝看。

“她说她想我，想你，想外婆，想我们每一个人，她说让我给她回信，这样，她的同学就知道她也是有朋友的。”弟弟将卡片塞回信封里。

“那你想她吗？”

“嗯。”弟弟点头。

“那就给她写一封信吧，要我帮你吗？”江一桐打开抽屉，找出几张白纸。

“会不会打扰到她？”

“不会的，”江一桐把弟弟叫到身边，“她希望你给她写信，希望她的同学知道她在家乡有朋友想她，你会帮她的，对吗？”

“嗯。”弟弟接过了信纸，他看到了江一桐手里的书，问，“你在看什么？”

江一桐把手里的书放下：“宋词。”

“是什么？”

“我给你读一首吧，是爸爸最喜欢的。”

“好。”

“是一个叫温庭筠的人写的，叫《望江南》。”

“快读。”

“梳洗罢，独倚望江楼。过尽千帆皆不是，斜晖脉脉水悠悠。肠断白苹洲。”

这首词，是在爸爸枕头下的一张照片上看到的。照片上，弟弟的妈妈斜倚在江边的栏杆上，江水慢慢地流淌，太阳的余晖洒在她的脸上。

照片的背面，爸爸写了这首词。

“不懂。”

“爸爸在思念一个人。”

“谁？”

“你的妈妈。”

“哦。”弟弟看着书，把江一桐刚才读过的词重新念了一遍，他仰起头，“爸爸会听到吗？”

“我想会的。”

弟弟的信写了很长时间，当他把写好的信交给江一桐，希望她帮自己寄给悄悄时，江一桐忍不住翻看了一下信的内容，发现弟弟把《小王子》全部抄了一遍。

弟弟的字写得不好看，但是一笔一画，看得出来很认真，他就像是小王子一样守着自己的玫瑰花，看着孤独的落日，他善良得让人感到忧伤。江一桐想，爸爸是对的，弟弟是与众不同的，他的美好不是每一个大人都能看到的。

在去邮局寄信的途中，江一桐拉着弟弟的手，说："一安，你是最聪明、最好的孩子，以后我不许任何人说你不好。"

"我不聪明的。"弟弟摸摸头。

"不，你聪明，你比所有人都聪明。"

"我是傻的。"弟弟的话，令江一桐停住脚步，她双眼紧紧盯着弟弟的脸，不肯让他说第二遍。

"我不许你这么说。"

"是姐姐说的，我是傻的。"

弟弟宽容的笑，令江一桐回到那段荒诞的日子，她一遍又一遍对着年幼的弟弟嘲讽："你是个傻子，你是傻的。"

"不，你不傻，是姐姐说错了，原谅我，好吗？"

"没事的。"

弟弟扬起信封，太阳光无法穿透信封中厚厚的纸张，弟弟继续朝邮局的方向走去，江一桐能做的，就是紧紧拉住他的手。

陆开心再次来到书店，是在一个月后。

方越正抱着一只黑色的小狗，蹲在书店门口，给江一桐展示他最近的训练成果：“坐下，起立，蹲下。”

小狗看起来还很小，摇摇晃晃地站不稳，但是在努力按照方越的指示做动作，黑漆漆的一团，很是可爱。

“送文博的高考礼物吗？”江一桐问。

“送给我们全家的一个礼物吧，丢失的再也不可能回来了，我们总是还得继续向前看，不是吗？”

方越温柔地抚摸小狗的头。江一桐想，过几个月，这只小狗长大了，会和他们原来的那一只一模一样，但也会有所不同。

“小狗——”陆开心叫了一声。

“别害怕，它不咬人。”方越把小狗抱到怀里，小狗瞪着滚圆的眼睛，警惕地望着陆开心。

陆开心摸摸小狗的肚子：“我也养过一条小狗，是白色的，只是我男朋友不喜欢，我就把它送人了。”

“咔嚓”一声，脚下的路立刻充满了黄色的光线，陆开心扭过头，看到江一桐按亮了书店门口的大灯。

“这就是传说中的鹿小姐吧。”方越笑着露出牙齿，“鹿小姐，欢迎再次光临深夜书店，我是书店老板的朋友，方越。”

方越抱着小狗离开后，陆开心拿出一根烟：“可以吗？”

“当然。”江一桐看了看书店里，弟弟坐在地板上看书，女儿正趴在他的腿上，似乎看得懂的样子盯着书上的字迹。

“我很多次都路过这个十字街口，可是我从没想过要走进这条巷子，但是那个晚上，不知道为什么，我选择左拐，一间亮着灯的小屋吸引了我的注意力，然后，我就来到了你的书店里。”

陆开心闭上眼睛，回忆了许多她和男朋友在一起时的温暖画面。

他们二十岁就在一起，今年已经是他们相爱的第五年了，男友做兼职挣的第一份工资，全部拿了出来，给陆开心买下了一大袋的炸鸡和一大束玫瑰。

“笨死了，花又不能吃，过几天枯萎了多浪费。”陆开心抱怨着，但还是紧紧地把花抱在怀里。

“你喜欢就不算浪费。”男友说。

他们热烈地接吻，那时候，陆开心觉得自己被一股暖流包围，心脏都快要停止跳动。她从没想过有一天，她会想着如何和男友分手。

第一天搬进那个老旧的小区时，陆开心是欢欣雀跃的，她把每间屋子都转了个遍，她一遍又一遍地和男友确认：“这是我们的家？”

男友也一遍又一遍地回答她：“是的，是我们的家。”

那个倾注了男友全部财力的家，带给陆开心的幸福感也不过是那么短暂的时刻而已。她为了庆祝自己升职，带男友去吃牛排，她在餐桌上，不时指点男友在工作中如何为人处世，教他吃牛排应该配什么年份的红酒。

“我们回家吃不是也挺好吗？”男友不自在。

“可是家里哪有这样的氛围？”

“氛围也不一定要靠钱来支撑啊。”

“钱不是人生的追求，但钱是我们所有追求的支柱。你为什么总要和钱过不去？”陆开心不高兴。

两个人的差距不可能避而不见，两个人的问题也不可能永远置之不理。陆开心有时为了避免和男友吵架，就在男友上班后，一个人回到家里，把两个人的衣服丢进洗衣机，按下开关按钮，耳边只有洗衣机单调运转的声音，过去的承诺如沙尘暴般裹挟着粗粝的尘土，掩埋了陆开心通往未来的所有出路。

“我还是那么爱他，就像二十岁那样，可是，我们真的走不下去了。”陆开心被辛辣的烟草味道熏出了眼泪。

“不会的，怎么会走不下去？无非是你们渐行渐远，仅此而已，人生，还能坏到哪里去呢？”

寂静的巷子里，看着书店门口的灯下，蚊虫乱糟糟地飞舞，翅膀撞击在灯泡上发出清脆的响声。江一桐想起老高曾经说过的一句话：除了走下去，还能有什么办法呢？这该死的人生。

当日的玩笑话，今日再想起来，就像一个预言。

陆开心掐灭了手中的烟头，她笑起来：“谢谢你。”

“为什么？”

“为我们的相遇，为我会在某个不知道该去哪里的深夜，找到这里来。”

江一桐在那晚之后，就再也没有见过陆开心。书店里，还是会来许多人，有些人留在了江一桐的记忆里，有些人早已记不清他们的模样。

但是，在他们走进书店的那一刻，就像是他们生命轨道上的一个隐蔽的开关，终于被人打开，那个被人们称为命运的东西，与他们不期而遇。

【完】